ELENA
FERRANTE
dias de abandono

ELENA FERRANTE
dias de abandono

Tradução
Francesca Cricelli

Copyright © Edizioni E/O 2013
Copyright da tradução by Editora Globo S. A.

Todos os direitos reservados. Nenhuma parte desta edição pode ser utilizada ou reproduzida — em qualquer meio ou forma, seja mecânico ou eletrônico, fotocópia, gravação etc. — nem apropriada ou estocada em sistema de banco de dados sem a expressa autorização da editora.

Texto fixado conforme as regras do novo Acordo Ortográfico da Língua Portuguesa (Decreto Legislativo nº 54, de 1995).

Título original: *I giorni dell'abbandono*

Editora responsável: Ana Lima Cecilio
Editor assistente: Thiago Barbalho
Diagramação: Gisele Baptista de Oliveira
Capa: Mariana Bernd
Revisão: Milena Martins

CIP-BRASIL. CATALOGAÇÃO-NA-FONTE
SINDICATO NACIONAL DOS EDITORES DE LIVROS, RJ

F423d
Ferrante, Elena
 Dias de abandono / Elena Ferrante ; tradução Francesca Cricelli. - 1. ed. - São Paulo : Biblioteca Azul, 2016.
 184 p. : il. ; 21 cm.

 Tradução de: *I giorni dell'abbandono*
 ISBN 978-85-250-6183-6

 1. Romance italiano. I. Cricelli, Francesca. II. Título.

16-32717
CDD: 853
CDU: 821.131.3-3

1ª edição, 2016 - 11ª reimpressão, 2025

Direitos exclusivos de edição em língua portuguesa, para o Brasil, adquiridos por EDITORA GLOBO S.A.
Rua Marquês de Pombal, 25
20230-240 Rio de Janeiro – RJ
www.globolivros.com.br

1.

Uma tarde de abril, logo após o almoço, meu marido me comunicou que queria me deixar. Fez isso enquanto tirávamos a mesa, as crianças brigavam como sempre no outro cômodo, o cachorro sonhava resmungando ao lado do aquecedor. Disse-me que estava confuso, que vivia maus momentos de cansaço, de insatisfação, talvez de covardia. Falou por muito tempo dos nossos quinze anos casados, dos filhos, e admitiu que não tinha o que reclamar deles nem de mim. Manteve a compostura de sempre, contendo um gesto de excesso com a mão direita quando me explicou com uma careta infantil que vozes leves, certo sussurro, o levavam para outro lugar. Depois assumiu a culpa de tudo que estava acontecendo e fechou com cuidado a porta atrás de si, deixando-me como uma pedra ao lado da pia.

Passei a noite refletindo, consternada, na grande cama de casal. Por mais que eu reexaminasse as fases recentes da nossa relação, não conseguia encontrar verdadeiros sinais de uma crise. Eu o conhecia bem, sabia que era um homem de sentimentos tranquilos, a casa e os nossos rituais familiares eram para ele indispensáveis. Falávamos de tudo, ainda gostávamos de nos abraçar e de nos beijar, às vezes sabia ser engraçado a ponto de me fazer rir até as lágrimas. Parecia-me impossível que quisesse realmente ir embora. Quando depois lembrei que não havia levado consigo nenhuma das coisas que lhe eram importantes e que tinha até esquecido de se despedir das crianças, tive a certeza de que não se tratava de algo sério. Estava atravessando um daqueles momentos que se relatam nos livros, quando uma personagem reage, às vezes, de forma excessiva ao normal descontentamento da vida.

Além do mais, isso já havia acontecido com ele: o tempo e os fatos voltaram à minha memória de tanto me mexer na cama. Muitos anos antes, quando estávamos juntos havia apenas seis meses, ele me disse, logo depois de um beijo, que preferia nunca mais me ver. Eu estava apaixonada, ouvir isso contraiu minhas veias, gelou minha pele. Senti frio, ele tinha ido embora, eu fiquei apoiada ao parapeito de pedra em Sant'Elmo olhando para a cidade sem cor, para o mar. Mas cinco dias depois ele me ligou envergonhado, justificando-se, dizendo que havia passado por um repentino vazio de sentido. Aquela expressão ficou gravada em mim, e eu a remoí por muito tempo.

Eu a usaria outra vez muito tempo depois, há pouco menos de cinco anos. Nessa época saíamos com uma colega dele da faculdade de engenharia, Gina, de família abastada, uma mulher inteligente e culta, que pouco tempo antes ficara viúva com uma filha de quinze anos. Tínhamos nos mudado há poucos meses para Turim, ela nos ajudara a encontrar uma bela casa que dava para o rio. Eu não tinha gostado da cidade, assim, à primeira vista, parecia-me feita de metal; mas logo percebi que da sacada de casa era bonito ver as estações: no outono via-se amarelar-se ou se avermelhar o verde do parque Valentino, desfolhado pelo vento, e as folhas corriam pelo ar de neblina, enfileiravam-se sobre a lâmina cinza do rio Pó; na primavera, vinha do rio um sopro fresco e brilhante que animava os novos brotos, os ramos das árvores.

Eu me adaptava rapidamente, ainda mais porque mãe e filha não mediram esforços para atenuar qualquer problema, ajudaram a me familiarizar com as ruas, acompanharam-me às lojas mais confiáveis. Mas eram gentilezas com alguma ambiguidade. Não havia dúvida alguma de que Gina estava apaixonada por Mario, muita afetação, às vezes eu até tirava um sarro, dizia: a sua namorada telefonou. Ele se defendia com certa complacência, ríamos juntos, mas enquanto isso as relações com aquela mulher eram cada vez mais próximas, não passava um dia sem uma ligação dela. Uma hora ela pedia que ele a acompanhasse a algum lugar, outra hora era a filha Carla que tinha dificuldade com os exercícios de química, ou procurava um livro que estava esgotado.

Por outro lado, Gina sabia como se comportar com uma generosidade equivalente, aparecia sempre com presentinhos para mim e para as crianças, me emprestava seu pequeno carro, sempre deixava conosco a chave de uma casa sua perto de Cherasco para que passássemos o final de semana lá. Aceitávamos com prazer, era gostoso, mesmo correndo sempre o risco de que mãe e filha chegassem por lá sem avisar, colocando de cabeça para baixo os nossos hábitos familiares. É que cada favor tinha de ser correspondido por outro, e os agrados tornavam-se então uma corrente de aprisionamento. Mario, aos poucos, havia assumido o papel de tutor da garota, foi falar com todos seus professores como se estivesse exercendo o papel do pai morto e, mesmo assoberbado pelo trabalho, em algum momento sentiu-se obrigado até a dar aula de reforço de química para a menina. Fazer o quê? Por algum tempo tentei afastar a viúva, me desagradava cada vez mais como pegava meu marido pelo braço e falava rindo ao seu ouvido. Eis que um dia tudo se tornou claro para mim. Pela porta da cozinha vi que a pequena Carla, despedindo-se de Mario no corredor depois de uma de suas aulas, em vez de lhe dar um beijo no rosto, beijou-o na boca. Logo entendi que não precisava me preocupar com a mãe, mas com a filha. A garota, talvez sem nem se dar conta, media sabe-se lá desde quando a potência de seu corpo sinuoso, de seus olhos inquietos, sobre o meu marido; e ele olhava-a como se olha estando na sombra uma parede branca sobre a qual bate o sol.

Discutimos isso, mas calmamente. Eu odiava os tons de voz alta, os movimentos muito bruscos. Minha família de origem era de sentimentos ruidosos, exibidos, e eu, sobretudo na minha adolescência, até mesmo quando ficava muda com as mãos tapando os ouvidos num canto da casa em Nápoles, oprimida pelo tráfego da rua Salvatore Rosa, sentia-me dentro de uma vida estrondosa, e tinha a impressão de que qualquer coisa poderia, de repente, se abrir por causa de uma frase dita de forma muito penetrante, de um movimento pouco contido do corpo. Por isso havia aprendido a falar pouco e de forma muito pensada, a não ter pressa, a não correr nem para pegar o ônibus, a encompridar ao máximo meu tempo de reação, preenchendo-os com olhares confusos, sorrisos incertos. O trabalho, depois, me disciplinou ainda mais. Havia deixado a cidade com a intenção de não voltar nunca mais, e passei dois anos na repartição de reclamações de uma companhia aérea em Roma. Até que, depois do casamento, pedi as contas e comecei a seguir Mario pelo mundo, para os cantos aonde era levado pelo seu trabalho de engenheiro. Lugares novos, vida nova. Também para manter sob controle a angústia das mudanças, me acostumei definitivamente a esperar com paciência que cada emoção implodisse e tomasse o rumo da voz pacata, guardada na garganta para não dar vexame.

Aquela autodisciplina seria indispensável durante a nossa pequena crise conjugal. Passamos longas noites insones confrontando-nos calmamente e sem gritar, para evitar que as crianças nos ouvissem, para evitar golpes de palavras que pudessem abrir feridas incicatrizáveis. Mario foi vago como um paciente que não sabe como listar com precisão seus sintomas. Nunca consegui que dissesse o que estava realmente sentindo, o que queria, o que eu deveria esperar. Mas uma tarde, depois do trabalho, voltou para casa com ar um pouco assustado, talvez não fosse realmente um susto, mas só o reflexo do susto que havia lido em meu rosto. O fato é que abriu a boca para me dizer uma coisa e depois, na fração de um segundo, decidiu dizer outra. Eu percebi, parecia que eu até estava vendo como as palavras mudavam dentro da sua boca, mas afastei a curiosidade de saber quais eram as frases que ele abriu mão de usar. Bastava-me tomar conhecimento de que aquele período ruim havia acabado, foi apenas uma vertigem momentânea. Um vazio de sentido, havia explicado com uma ênfase incomum, repetindo a expressão que usara anos atrás. Havia perdido a cabeça, o que lhe tirou a capacidade de ver e de sentir nas formas mais comuns; mas agora chega, já não sentia mais nenhuma perturbação. No dia seguinte parou de frequentar tanto a Gina como a Carla, interrompeu as aulas de química, voltou a ser o homem de sempre.

Foram esses os poucos irrelevantes acidentes em nossa vida sentimental, e aquela noite os examinei em cada detalhe. Depois deixei a cama, desesperada pelo sono que não vinha, e preparei para mim um chá de camomila. Mario era assim, disse a mim mesma: tranquilo por anos, sem qualquer momento de desorientação, e depois, de repente, transtornado por um nada. Agora também algo o deixou transtornado, mas eu não tinha de me preocupar, bastava somente dar a ele aquele tempo para que voltasse ao normal. Fiquei em pé por muito tempo, diante da janela que dava para o parque escuro, tentando atenuar a dor de cabeça com o frio do vidro onde apoiava a testa. Só me toquei quando ouvi o barulho de um carro que estacionava. Olhei para baixo, não era meu marido. Vi o músico do quarto andar, um tal Carrano, que subia a avenida cabisbaixo, carregando pendurado sabe-se lá que instrumento. Quando desapareceu sob as árvores da pracinha, apaguei a luz e voltei para a cama. Era só uma questão de alguns dias, depois tudo voltaria ao normal.

2.

Passou-se uma semana, e não só meu marido manteve a sua decisão, como a confirmou na forma de um impiedoso bom senso.

No começo passava em casa uma vez por dia, sempre na mesma hora, lá por volta das quatro da tarde. Cuidava das duas crianças, conversava com Gianni, brincava com Ilaria, os três juntos às vezes saíam com Otto, nosso cachorro, um pastor, bom como um santo, para passear com ele pelas ruas do parque e correr atrás das bolas de tênis e dos gravetos.

Eu fingia que estava ocupada na cozinha, mas esperava ansiosamente que Mario passasse por mim e me esclarecesse quais eram suas intenções, se tinha ou não desfeito o balaio de gato que estava em sua cabeça. Ele, mais cedo ou mais tarde, chegava, mas sem vontade, e com um mal-estar, cada vez mais visível, ao qual eu me opunha, usando uma estratégia que havia criado durante as noites insones, ou seja, a encenação dos confortos da vida doméstica, tons de compreensão, uma calma exibida e acompanhada até por alguma brincadeira para aliviar. Mario sacudia a cabeça, dizia que eu era boa demais. Eu me comovia, abraçava-o, tentava beijá-lo. Ele se retraía. Ele tinha vindo — enfatizava — só para conversar; queria que eu entendesse com quem havia vivido por quinze anos. Por isso me contava suas cruéis memórias da infância, algumas coisas sórdidas da sua adolescência, perturbações e incômodos da juventude. Queria só falar mal de si mesmo, e qualquer coisa que eu respondesse para aparar seus delírios de autodepreciação não o convencia, queria a todo custo que eu o visse como dizia ser;

bom para nada, incapaz de ter sentimentos verdadeiros, à deriva até profissionalmente.

Eu o ouvia com muita atenção, respondia com tranquilidade, não lhe perguntava nada nem lhe fazia ultimato algum, eu só tentava convencê-lo de que poderia sempre contar comigo. Devo porém admitir que, por trás daquela aparência, cresceu uma onda de angústia e raiva que me assustou. Uma noite me lembrei de uma figura obscura em minha infância napolitana, uma mulher grande, enérgica, que vivia em nosso prédio, atrás da Piazza Mazzini. Trazia sempre consigo, junto às compras, pelas ruelas abarrotadas, seus três filhos. Voltava cheia de verduras, frutas, pão e aquelas três crianças penduradas ao vestido, às sacolas cheias, que governava com poucos estalos de palavras alegres. Se me visse brincando nas escadas do prédio, parava, apoiava as sacolas em algum degrau, procurava nos bolsos e distribuía balas a mim, às minhas companheiras de jogo, aos seus filhos. Tinha aspecto e modo de ser de uma mulher contente com seus cansaços, emanava um cheiro bom, como de tecido novo. Era casada com um homem da região de Abruzzo, ruivo, olhos verdes, que trabalhava como representante comercial e por isso viajava muito de carro entre Nápoles e L'Aquila. Dele, agora, me lembro somente que suava muito, tinha um rosto lustroso como se tivesse alguma doença de pele, às vezes brincava com os filhos na sacada de casa fazendo bandeirinhas coloridas com papel de seda e parava somente quando a mulher gritava alegremente: a comida está pronta. Mais tarde alguma coisa entre os dois se quebrou. Depois de muitos gritos, que várias vezes me acordavam no meio da noite e pareciam desintegrar as pedras do prédio e da ruela como se tivessem dentes de serra — gritos longos e choros que chegavam até a praça, até as palmeiras com os longos arcos dos seus ramos e com suas folhas que tremiam de medo — o homem foi embora de casa por amor a outra mulher, uma de Pescara, e nunca mais foi visto por ninguém. Desde então nossa vizinha começou a chorar todas as noites. Eu ouvia do meu quarto este choro ruidoso, como um arquejo que derrubava as paredes com golpes de aríete e me aterrorizava. Minha mãe falava sobre isso com suas funcionárias, cortavam, costuravam e falavam, falavam, costuravam e cortavam, enquanto eu brincava sob a mesa com os alfinetes, o gesso, e repetia a mim mesma o que eu ouvia, eram palavras entre a aflição contida e a ameaça, quando você não sabe segurar um homem perde tudo, relatos femininos de fins de caso, o que acontece quando, plena de amor, você não é mais amada, é deixada sem nada. A mulher perdeu tudo, até o nome (talvez se chamasse Emilia), se tornou para todos "a pobre coitada", começamos a falar dela chamando-a desse jeito. A pobre coitada chorava, a pobre coitada gritava, a pobre coitada sofria, dilacerada pela ausência do homem vermelho suado, com olhos verdes de perfídia. Esfregava nas mãos um lencinho úmido, dizia a todos que o marido a abandonara, apagando-a da memória e dos sentidos, e torcia o lencinho entre as juntas brancas dos dedos, maldizia o homem que fugiu dela feito um animal faminto pelo monte Vomero. Uma dor tão contundente começou a me provocar desgosto. Eu tinha oito anos mas sentia vergonha por ela, ela já não acompanhava mais os filhos, já não tinha mais aquele cheiro bom. Agora descia as escadas endurecida, o corpo definhado. Havia perdido a imponência dos peitos, do quadril, das coxas, perdeu seu rosto largo e juvenil, o sorriso claro. Tornou-se feita de pele transparente sobre os ossos, os olhos afundados em poços violetas, as mãos de úmida teia de aranha. Minha mãe exclamou uma vez: pobre coitada, ficou magra como um palito. Desde então comecei a segui-la todos os dias com o olhar, para observar enquanto saía pelo portão sem as sacolas das compras, os olhos fora das órbitas, o andar que cambaleava. Queria descobrir essa sua nova natureza de peixe cinza-azul, os grãos de sal que lhes cintilavam sobre os braços e as pernas.

Também por esta lembrança continuei a me comportar com Mario exibindo uma reflexão afetuosa. Mas depois de algum tempo eu não sabia mais como responder às suas histórias exageradas de neurose e tormento da infância ou da adolescência. Em dez dias, mesmo porque até mesmo as visitas às crianças tornavam-se sempre mais rarefeitas, senti brotar dentro de mim um rancor azedo, ao qual, em certo ponto, se acrescentou a dúvida de que estivesse mentindo. Pensei que assim como eu lhe mostrava calculadamente todas as minhas virtudes de mulher apaixonada e por isso pronta para lhe dar apoio durante aquela crise opaca, também ele, calculadamente, estava tentando me provocar desgosto, para me forçar a lhe dizer: vai embora, tenho nojo de você, não o suporto mais.

A dúvida logo virou certeza. Ele queria me ajudar a aceitar a necessidade da nossa separação. Queria que fosse eu mesma a lhe dizer: você tem razão, acabou. Mas nem naquele momento eu reagi desordenadamente. Continuei a prosseguir de forma circunspecta, como eu sempre fazia diante dos incidentes da vida. O único sinal exterior da minha agitação foi a disposição à desordem e a fraqueza dos dedos que, mais aumentava a angústia, menos se fechavam com força ao redor das coisas.

Por quase duas semanas não fiz a ele a pergunta que tinha na ponta da minha língua. Só quando não aguentava mais as suas mentiras, decidi então colocá-lo contra a parede. Preparei um molho com almôndegas de carne, ele gostava muito, cortei batatas para assar ao forno com alecrim. Mas não cozinhei com prazer, estava sem vontade, cortei a mão com o abridor de lata, me caiu das mãos uma garrafa de vinho, o vidro e o vinho se espalharam por todos os lados, até nas paredes brancas. Logo depois, com um gesto brusco demais que deveria ter servido para pegar um pano de chão, derrubei também o açucareiro. Por longa fração de segundo explodiu nos meus ouvidos também o burburinho da chuva de açúcar, antes no mármore da pia, depois no chão já manchado de vinho. Tive uma tal sensação de exaustão que deixei tudo de cabeça para baixo e fui dormir, esquecendo das crianças, esquecendo de tudo, mesmo sendo onze horas da manhã. Ao despertar, enquanto minha nova condição de mulher abandonada me voltava aos poucos à lembrança, decidi que não aguentava mais. Levantei tonta, arrumei a cozinha, corri para pegar as crianças na escola e esperei que ele fizesse seu pequeno desvio por amor aos filhos.

Chegou no fim do dia, me pareceu de bom humor. Depois das convenções desapareceu no quarto de Gianni e Ilaria e ficou com eles até dormirem. Quando reapareceu queria sair de fininho, mas eu o obriguei a jantar comigo, coloquei embaixo do seu nariz a panela com o molho que havia preparado, as almôndegas, as batatas, e cobri seu macarrão com uma camada de molho vermelho escuro fumegante. Queria que ele visse naquele prato de macarrão tudo o que, indo embora, não poderia mais ter ao alcance dos olhos, nem provar, ou acariciar, ouvir, cheirar: nunca mais. Mas não consegui esperar mais. Mal havia começado a comer e eu perguntei a ele:

"Você se apaixonou por outra mulher?"

Sorriu e depois negou sem vergonha alguma, mostrando uma desenvolta surpresa por eu ter feito a ele aquela pergunta tão fora de lugar. Não me convenceu. Eu o conhecia bem, fazia assim somente quando estava mentindo, normalmente se sentia mal diante de qualquer tipo de pergunta direta. Reforcei:

"Tem, não é? Tem outra mulher. E quem é, eu a conheço?"

Depois, pela primeira vez desde que começou essa história, levantei o tom da voz, gritei que tinha o direito de saber e disse também:

"Você não pode me deixar aqui tendo esperança, quando na verdade você já decidiu tudo."

Então ele, cabisbaixo, nervoso, fez com a mão para que eu abaixasse o tom da minha voz. Agora estava visivelmente preocupado, talvez não quisesse acordar as crianças. Eu, ao contrário, ouvia na minha cabeça todos os protestos que havia até então contido, muitas palavras já tinham passado por aquela linha divisória além da qual já não se sabe mais o que é ou não oportuno de se dizer.

"Não quero abaixar o tom de voz", murmurei, "todo mundo tem que saber o que você me fez."

Ele olhou o prato, depois olhou bem na minha cara e disse: "Sim, tem outra mulher."

E então com um ardor desproposital enfiou um garfo abundante de macarrão na boca como se fosse para se calar, para não correr o risco de dizer mais do que devia. Mas o essencial, enfim, ele já tinha dito, decidiu dizê-lo, e agora eu sentia uma dor funda no peito que me arrancava qualquer outro sentimento. Me dei conta disso quando percebi que eu não tinha reação alguma ao que estava acontecendo com ele.

Começou a mastigar com sua habitual mastigação metódica, mas de repente alguma coisa rangeu dentro de sua boca. Parou de mastigar, o garfo caiu no prato, gemeu. Então cuspiu a comida na palma da mão, macarrão e molho e sangue, era realmente sangue, sangue vermelho.

Olhei para sua boca manchada sem reação, como se olha a projeção de um *slide*. Ele, imediatamente, com olhos arregalados, limpou a mão com o guardanapo, enfiou os dedos na boca e tirou do céu da boca uma lasca de vidro.

Olhou para ela horrorizado, depois a mostrou para mim, gritando, fora de si, com um ódio de que nunca pensei que fosse capaz:

"Assim? É isso que você quer fazer comigo? Isso?"

Levantou-se de supetão, derrubou a cadeira, levantou-a, bateu com ela no chão várias vezes, como se tivesse a esperança de fixá-la definitivamente no piso. Disse que eu era uma mulher irracional, incapaz de entender suas razões. Nunca, eu nunca o compreendi realmente, e somente a sua paciência, ou talvez a sua pequenez, nos manteve juntos por tanto tempo. Mas agora chega. Gritou que sentia medo de mim, colocar um pedaço de vidro no seu macarrão, como podia ter feito isso, era louca. Saiu batendo a porta, sem nem ligar que as crianças estavam dormindo.

3.

Fiquei sentada por um tempo, só conseguia pensar que tinha outra, que ele tinha se apaixonado por outra mulher, que tinha admitido isso. Depois levantei e comecei a tirar a mesa. Na mesa vi o caco de vidro circundado por uma mancha de sangue, procurei no molho com os dedos, pesquei outros dois fragmentos da garrafa que, pela manhã, havia escapado da minha mão. Não consegui mais me segurar, comecei a chorar. Quando me acalmei, joguei o molho no lixo, depois chegou Otto ganindo a meu lado. Peguei a coleira e saímos.

A pracinha estava deserta àquela hora, a luz dos postes era prisioneira em meio às folhas das árvores, havia sombras escuras que me traziam de volta medos infantis. Normalmente era Mario quem levava o cachorro para passear, fazia isso entre onze horas e meia-noite, mas desde que tinha ido embora até essa função era minha. As crianças, o cachorro, as compras, o almoço e a janta, o dinheiro. Tudo que mostrava as consequências práticas do abandono. Meu marido tinha retirado de mim pensamentos e desejos para transferi-los para outro local. De agora em diante seria assim, eu sozinha com as responsabilidades que antes eram de nós dois.

Eu precisava reagir, tinha de me organizar.

Não ceda, disse a mim mesma, não vá depressa demais.

Se ele ama outra mulher, nada que você faça vai adiantar, vai tudo desabar sem deixar rastros. Comprimir a dor, deixar a possibilidade do gesto, da voz estridente. Aceite que ele mudou os pensamentos, trocou de quarto, e foi correndo se fechar em outra carne. Não faça como a pobre coitada, não se desfaça em lágrimas. Evite se parecer com as mulheres despedaçadas de um famoso livro da sua adolescência.

Revisei cada detalhe da capa. A professora de francês havia imposto a leitura quando eu disse a ela, com muita impetuosidade, com paixão ingênua, que queria ser escritora, foi em 1978, há mais de vinte anos. "Leia isto", e eu, de forma diligente, li. Mas quanto lhe entreguei de volta o livro me veio uma frase soberba: essas mulheres são idiotas. Senhoras cultas, de boa condição social, quebrando-se feito bibelôs nas mãos de seus homens distraídos. Pareciam-me emocionalmente burras, eu queria ser diferente, queria escrever histórias de mulheres com muitos recursos, mulheres com palavras indestrutíveis, não um manual da esposa abandonada com o amor perdido como o primeiro pensamento da lista. Eu era jovem, tinha minhas pretensões. Eu não gostava da página muito fechada, como uma persiana abaixada. Eu gostava da luz, gostava do ar entre as ripas. Eu queria escrever histórias cheias de correntes de ar, raios filtrados pelos quais dança o pó. E depois eu amava a escrita de quem te faz olhar para baixo de cada linha deixando sentir a vertigem da profundidade, a escuridão do inferno. Eu disse isso sem ar, de uma só vez, como nunca tinha feito, e minha professora deu um sorrisinho irônico, um pouco vingativo. Ela também devia ter perdido alguém, ou alguma coisa. E agora, mais de vinte anos depois, a mesma coisa estava acontecendo comigo. Eu estava perdendo Mario, talvez já o tivesse perdido. Caminhava tensa atrás da impaciência de Otto, sentia o cheiro úmido do rio, o asfalto frio por baixo da sola do sapato.

Não consegui me acalmar. Mas é possível que Mario estivesse me largando assim, sem aviso prévio? Parecia-me irreal que do nada se desinteressasse por minha vida como por uma planta regada por anos que de repente fosse deixada a morrer de secura.

Eu não conseguia conceber o fato de que tinha decidido, unilateralmente, não ter mais que me dar atenção. Somente dois anos antes eu tinha dito que queria voltar a ter os meus horários, um trabalho que me fizesse sair de casa por algumas horas. Eu tinha encontrado trabalho numa pequena editora, sentia-me muito curiosa, mas ele me forçou a deixar de lado. Mesmo dizendo-lhe que eu precisava ganhar o meu próprio dinheiro, ainda que pouco, muito pouco, ele tinha desaconselhado, dizendo: por que bem agora, o pior já passou, não precisamos de dinheiro, se você quer tentar escrever, escreva. Eu dei razão a ele, pedi demissão depois de poucos meses e pela primeira vez encontrei uma mulher que me ajudava com o serviço doméstico. Mas não consegui escrever, desperdicei o tempo com tentativas pretensiosas e confusas. Eu olhava desanimadamente para a mulher que lustrava o apartamento, uma russa orgulhosa, pouco disposta a ouvir críticas ou alguma chamada de atenção. Nenhuma função, portanto, nada de escrever, poucas amizades minhas, as ambições da juventude se desfaziam como uma roupa surrada. Então mandei embora a ajudante doméstica, eu não tolerava que ela se cansasse no meu lugar sendo que eu não conseguia dar a mim mesma um tempo de alegria criativa, plena de mim mesma. Assim voltei a me ocupar da casa, dos filhos, de Mario, como para me autoconvencer de que eu já não merecia nada mais. E olha só o que eu estava merecendo. Meu marido arranjou outra mulher, as lágrimas vinham aos olhos, mas eu não chorava. Mostrar-se resistente, sê-lo. Eu tinha que dar um bom exemplo do que eu era. Somente impondo-me esta obrigação poderia me salvar.

Finalmente soltei Otto e me sentei num banco, tremendo de frio. Daquele livro da adolescência me lembrava de algumas frases que naquela época tinha decorado: eu sou limpa, sou verdadeira, coloquei as cartas na mesa. Não, disse a mim mesma, eram colocações de descarrilamento. Colocar sempre vírgulas, para começar, tinha que me lembrar disso. Quem diz palavras como essas já saiu da linha, sente a necessidade de uma autoexaltação e por isso se aproxima do desnorteamento. E depois: as fêmeas que estão todas molhadinhas fazem ele sentir o quê? Que tá de pau duro ou sei lá o quê. Quando eu era novinha gostava do linguajar obsceno, me dava uma sensação de liberdade masculina. Agora sabia que a obscenidade podia causar centelhas de loucura, se nascia de uma boca controlada como a minha. Fechei os olhos, por isso, tomei a cabeça entre as mãos comprimindo as pálpebras. A mulher de Mario. Imaginei-a madura, com a saia levantada num banheiro, enquanto ele em cima dela apalpava sua bunda suada enfiando-lhe um dedo no cu, o chão escorregadio de porra. Não, pare por aí. Levantei-me de uma só vez, assobiei para chamar de volta Otto, um assobio que Mario tinha me ensinado. Para longe de mim aquelas imagens, aquele linguajar. Longe de mim as mulheres quebradas. Enquanto Otto corria para cá e para lá, escolhendo cuidadosamente o local onde urinar, senti em cada pedaço do corpo os arranhões do abandono sexual, o perigo de me afogar no desprezo por mim mesma e na saudade dele. Levantei-me, percorri de novo a ruela, assobiei de novo, esperei que Otto voltasse.

Não sei quanto tempo passou, esqueci o cachorro, onde estava. Escorreguei sem me dar conta nas lembranças de amor que eu tinha em comum com Mario, fiz isso com doçura, com uma leve excitação, com rancor. Foi o som da minha própria voz a me recompor, eu dizia a mim mesma como numa cantoria monótona: "Eu sou bonita, eu sou bonita". Depois vi o Carrano, o músico nosso vizinho, que atravessava a avenida e vinha em direção à pracinha, em direção ao portão.

Curvo, com as pernas compridas, a figura escura expandida pelo instrumento, passou a uns cem metros de mim e eu esperava que não me visse. Era daqueles homens tímidos que não possuem uma medida certa nas relações com os outros. Se perdem a calma, perdem-na sem controle; se são gentis, o são até serem melosos como mel. Teve muitos motivos para discutir com Mario, uma vez por uma infiltração do nosso banheiro que havia manchado seu teto, outra porque Otto atrapalhava com seus latidos. Comigo as relações não eram excelentes, mas por motivos mais rarefeitos. Nas vezes que nos cruzamos eu havia lido em seus olhos um tipo de interesse que tinha me deixado sem jeito. Não que ele tivesse sido vulgar, era incapaz de ser vulgar. Mas as mulheres, todas as mulheres, acredito, o deixavam sem jeito, e então errava os olhares, errava os gestos, errava as palavras, deixando, sem querer, o desejo às claras. Ele sabia, sentia vergonha e quando acontecia, talvez sem querer, me envolvia em sua vergonha. Por isso eu sempre tentava não ter nada a dizer, me perturbava até dizer bom dia ou boa noite.

Eu o observava enquanto atravessava a praça, alto, ainda mais alto pela forma da caixa do instrumento, magro e mesmo assim com um caminhar pesado, os cabelos grisalhos. De uma hora para outra, o seu caminhar sem pressa deu uma empinada, um tatear para não escorregar. Parou, olhou para a sola do sapato direito, xingou. Depois percebeu que eu estava por lá e disse se lamentando:

"A senhora viu? Estraguei meu sapato."

Nada provava minha culpa, mesmo assim, pedi imediatamente desculpa e, envergonhada, comecei a chamar com toda força Otto Otto, como se o cachorro tivesse que se justificar diretamente com o nosso vizinho para que não pesasse mais sobre mim essa culpa. Mas Otto, com sua cor amarelada, passou rapidamente pelas clareiras dos postes e sumiu no escuro.

O músico esfregou com raiva a sola do sapato sobre a grama nas bordas da avenida, e então a examinou cuidadosamente.

"A senhora não precisa se desculpar, só leve seu cão para outro lado. Tem gente que já reclamou..."

"Sinto muito, meu marido normalmente toma cuidado..."

"Seu marido, me desculpe, é um mal-educado."

"Mal-educado agora é o senhor", rebati com força, "e depois, não somos os únicos que têm um cachorro."

Ele sacudiu a cabeça, fez um gesto amplo como para dizer que não queria brigar, resmungou:

"Diga ao seu marido que não abuse. Conheço pessoas que não hesitariam em encher esse lugar com almôndegas envenenadas."

"Não vou dizer nada para o meu marido", exclamei com raiva.

E acrescentei de forma incongruente, só para lembrar a mim mesma:

"Eu não tenho mais um marido."

Naquele ponto, larguei ele lá, no meio da avenida, e comecei a correr pela grama, na parte escura entre os arbustos e as árvores, chamando Otto a plenos pulmões como se aquele homem quisesse me seguir e como se eu precisasse do cachorro para me defender. Quando me virei, sem ar, vi que o músico examinava pela última vez a sola do sapato e depois desaparecia pelo portão com o seu passo lento.

4.

Nos dias seguintes, Mario não apareceu. Embora eu tivesse imposto a mim mesma uma regra de comportamento e tivesse decidido em primeiro lugar evitar telefonar aos nossos amigos em comum, não resisti e telefonei mesmo assim.

Descobri que ninguém sabia nada sobre o meu marido, parecia que não o viam há dias. Então anunciei a todos, com rancor, que ele havia me largado por outra mulher. Eu pensava que eles ficariam atônitos, mas tive a impressão de que não os surpreendi de modo algum. Quando perguntei, fingindo certo descuido, se sabiam quem era a sua amante, quantos anos tinha, o que fazia, se ele já vivia na casa dela, recebi somente respostas evasivas. Um colega seu da faculdade, chamado Farraco, tentou me consolar dizendo:

"É a idade, Mario tem quarenta anos, acontece."

Não suportei e respondi perfidamente:

"Ah, é? Então também aconteceu com você? Acontece com todos da idade de vocês, sem exceção? E como é que você ainda mora com a sua esposa? Deixa eu falar um pouco com a Lea, quero contar que isso também aconteceu com você!"

Eu não queria ter reagido assim. Outra regra era não me tornar uma pessoa desprezível. Mas eu não conseguia me conter, sentia imediatamente um tumulto no sangue que logo me ensurdecia, queimava-me os olhos. A razoabilidade dos outros e o meu próprio desejo de calma me deixavam nervosa. A respiração ficava acumulada na garganta, preparando-se para vibrar em palavras raivosas. Eu sentia a necessidade de brigar e de fato discuti primeiro com nossos amigos do sexo masculino, depois com suas esposas ou namoradas, e no final passei a brigar com qualquer um que tentasse, homem ou mulher, me ajudar a aceitar o que estava acontecendo na minha vida.

Sobretudo Lea, esposa de Farraco, se mostrou muito paciente, uma mulher com a disposição para mediar e tentar encontrar saídas, tão sábia, tão compreensiva, que brigar com ela era como uma afronta à exígua turma de pessoas com bons sentimentos. Mas eu não consegui me deter, comecei a desconfiar até dela. Tinha certeza de que, logo depois de ter falado comigo, ela iria correndo até o meu marido e sua amante para contar palavra por palavra como eu estava reagindo, como eu conseguia me virar com as crianças e com o cachorro, quanto tempo ainda teria levado para aceitar a situação. Então parei de vê-la de uma hora para outra, fiquei sem nenhuma amiga com quem falar.

Comecei a mudar. Em poucos meses perdi o hábito de me maquiar cuidadosamente, passei do uso de uma linguagem elegante, atenta a não ferir o próximo, a um modo de me expressar sempre sarcástico, interrompido por risadas desmedidas. Devagar, apesar da minha resistência, cedi à linguagem obscena.

A obscenidade me vinha aos lábios com naturalidade, parecia servir para comunicar aos meus poucos conhecidos, os que ainda me procuravam, friamente, para me consolar, que eu não me deixaria enganar por belas palavras. Era só abrir a boca que já sentia vontade de zombar, manchar, sujar Mario e a sua puta. Eu detestava a ideia de que ele soubesse tudo de mim enquanto eu sabia pouco ou nada dele. Sentia-me como quem é cego e sabe ser observado por aqueles que querem espiar cada detalhe. Era possível — eu me perguntava com um rancor crescente — que gente traiçoeira feito Lea pudesse relatar tudo de mim ao meu marido e eu não conseguisse saber nem mesmo com que tipo de mulher ele tinha decidido trepar, por quem ele me largou, o que ela tinha a mais do que eu? Tudo culpa dos espiões, eu pensava, falsos amigos, as pessoas que tomam o lado de quem goza sua liberdade e está feliz, nunca tomam o lado dos infelizes. Eu sabia muito bem. Preferiam os novos casais, sempre alegres, sempre por aí até tarde da noite, os rostos saciados de quem não fez outra coisa além de foder. Beijavam-se, mordiam-se, lambiam-se e chupavam para saborear o gosto do pau, da boceta. Sobre Mario e sua nova mulher eu só podia imaginar isso, agora: como, quanto eles fodiam. Eu pensava nisso dia e noite, eu me negligenciava, não me penteava, não me lavava. Quanto eles trepavam — perguntava-me isso com uma dor insuportável — como, onde. Assim, até os pouquíssimos que ainda tentavam me ajudar, no final, se retraíram, era difícil me suportar. Vi-me sozinha e assustada por meu próprio desespero.

5.

Paralelamente, começou a crescer por dentro de mim um sentido permanente de risco. O peso das duas crianças — a responsabilidade, mas também as exigências materiais de suas vidas —, isso se tornou uma preocupação permanente. Eu tinha medo de não conseguir mais cuidar delas, temia até lhes fazer mal, num momento de cansaço ou de distração. Não que antes Mario fizesse muita coisa para me ajudar, estava sempre sobrecarregado de trabalho. Mas a sua presença — ou melhor, sua ausência, que no entanto poderia sempre se transformar em presença, caso fosse necessário — me tranquilizava. O fato, agora, de eu não saber mais onde estava, o fato de não ter seu número de telefone, de telefonar com uma frequência inquieta para o seu celular e descobrir que estava sempre desligado — essa forma de se fazer indetectável, tanto que até mesmo no trabalho os colegas, ou talvez seus cúmplices, me respondiam que estava fora por motivos de saúde e que havia pedido um tempo de descanso ou que talvez estivesse fora do país fazendo inspeções — tudo isso me fazia sentir como um boxeador que não se lembra mais dos golpes certos e dá voltas no ringue com as pernas moles e com a guarda baixa.

Eu vivia no terror de esquecer que tinha de ir buscar Ilaria na escola; e se eu pedisse a Gianni para comprar o que precisava nas lojinhas por perto, tinha medo de que algo acontecesse a ele ou, pior ainda, que tomada pelas minhas preocupações eu esquecesse sua própria existência e não controlasse mais se havia ou não voltado para casa.

Eu estava, em suma, numa condição instável, à qual reagia com um tenso e extenuante autocontrole. Eu tinha a cabeça toda ocupada por Mario, pelas fantasias que fazia sobre ele e aquela mulher, pelo exame de nosso passado, pelo anseio de tentar entender no que eu havia sido insuficiente; e por outro lado eu vigiava desesperadamente as minhas obrigações: cuidado para não me esquecer de salgar o macarrão, cuidado para não salgá-lo duas vezes, cuidado com a validade dos alimentos, cuidado para não deixar o gás ligado.

Uma noite ouvi uns ruídos pela casa, como uma folha de papel que se arrastasse rapidamente pelo chão pelo vento.

O cachorro gania aterrorizado. Otto, embora fosse um pastor, não tinha coragem.

Levantei, olhei embaixo da cama, embaixo dos móveis. Entre o pó que se acumulava em algum lugar vi um vulto escuro correr para baixo do criado-mudo, sair do quarto até se enfiar no quarto das crianças entre os latidos do cachorro.

Corri até eles, acendi a luz, tirei-os do quarto mesmo morrendo de sono e fechei a porta. O meu susto assustou-os, devagar consegui encontrar forças para acalmar a mim mesma. Disse para Gianni ir pegar a vassoura e ele, que era um menino de sombria diligência, voltou logo depois trazendo também o lixo. Ilaria, por sua vez, começou logo a gritar:

"Eu quero o papai, liga para o papai."

Respondi, com raiva:

"Seu pai nos deixou. Foi embora viver em outro lugar com outra mulher, nós não servimos mais para ele."

Embora eu tivesse terror de qualquer ser vivo que lembrasse remotamente um réptil, abri cautelosamente a porta do quarto das crianças, empurrei Otto que queria entrar, e fechei-a atrás de mim.

Eu tinha que começar por lá, disse a mim mesma. Nada de moleza, eu estava sozinha. Enfiei a vassoura com fúria e nojo embaixo das camas do Gianni e da Ilaria, e depois embaixo do armário. Sabe-se lá como, um lagarto de um verde amarelado apareceu em casa, no quinto andar, correu rente à parede tentando encontrar um buraco no qual pudesse se esconder. Eu o imobilizei num canto e o esmaguei pressionando todo meu corpo sobre o cabo da vassoura. Depois, com nojo, saí com a carniça do grande lagarto no lixo e disse:

"Está tudo certo, não precisamos do papai."

Ilaria retrucou duramente:

"O papai não teria matado ele, teria colocado ele pra fora pegando pelo rabo e teria deixado ele na grama."

Gianni sacudiu a cabeça, veio perto de mim, examinou o lagarto e me abraçou na cintura. Disse:

"Da próxima vez eu que quero acabar com ele."

Naquela expressão excessiva, acabar com ele, senti todo o seu mal-estar. Eram meus filhos, eu os conhecia bem, estavam absorvendo sem demostrar a notícia que eu tinha acabado de dar a eles: seu pai tinha ido embora, preferia uma estranha a eles e a mim.

Não me perguntaram nada, nenhuma explicação. Ambos voltaram para a cama assustados com a ideia de que sabe-se lá quantos outros animais do parque tivessem escalado até o nosso apartamento. Dormiram com dificuldade, ao acordarem os vi diferentes, como se tivessem descoberto que não havia mais um lugar seguro no mundo. Era, de resto, a mesma coisa que eu pensava.

6.

Após o episódio do lagarto, as noites, que já eram de pouco sono, tornaram-se um tormento. De onde eu vinha, em que eu estava me transformando? Com dezoito anos sentia-me uma garota extravagante, com belas esperanças. Com vinte anos eu já trabalhava. Com vinte e dois me casei com Mario, deixamos a Itália, vivemos primeiro no Canadá, depois na Espanha, depois na Grécia. Com vinte e oito anos tive Gianni e, mesmo nos meses da gravidez, escrevi um longo conto ambientado em Nápoles, que foi publicado com facilidade no ano seguinte. Com trinta e um anos, nasceu Ilaria. Com trinta e oito, agora, me reduzi a nada, não conseguia nem me comportar da forma que me parecia adequada. Sem trabalho, sem marido, contraída, quebrada.

Quando as crianças estavam na escola, eu deitava no sofá, levantava-me, sentava-me de novo, assistia um pouco de TV. Mas não tinha um programa capaz de me fazer esquecer de mim mesma. À noite eu andava pela casa, terminava sempre olhando os canais onde as mulheres, sobretudo as mulheres, estavam irrequietas em suas camas como galinhas ciscando de grão em grão. Faziam caretas obscenas atrás dos números de telefone estampados na tela, além das legendas que prometiam grandes gozos. Ou se retorciam fazendo mimimi com vozes açucaradas. Eu olhava para elas e pensava que talvez a puta do Mario fosse assim, o sonho ou o pesadelo de um pornógrafo, e que era isto que ele tinha desejado secretamente nos quinze anos passados comigo, bem isso, e eu não tinha entendido. Por isso eu me irritava comigo mesma antes de tudo, depois com ele, até começar a chorar como se as senhoras da madrugada na TV, naquele contínuo e desesperado gesto de tocarem os seios gigantes e lamberem-se sozinhas os mamilos, retorcendo-se com falso prazer, dessem um espetáculo triste a ponto de arrancar lágrimas.

Para me acalmar, criei o hábito de escrever até o sol raiar. No começo, tentei trabalhar no livro que eu queria organizar havia anos, depois deixei de lado, desgostosa. Uma noite após a outra escrevi cartas para Mario, mesmo sem saber para onde enviá-las. Eu esperava que mais cedo ou mais tarde teria como entregá-las a ele, eu gostava de pensar que ele as leria. Eu escrevia na casa silenciosa, apenas com a respiração das crianças no quarto ao lado e Otto, que andava de um lado para o outro rosnando, preocupado. Naquelas cartas, longuíssimas, eu me esforçava por manter um tom sensato, coloquial. Dizia-lhe que estava reexaminando minuciosamente a nossa relação e que precisava da sua ajuda para entender em que havia me equivocado. As contradições da vida conjugal são muitas — admitia —, e eu estava realmente fazendo um trabalho de analisar todas as nossas para desfazê-las e sair dessa. O essencial, a única coisa verdadeira que eu parecia esperar dele, era que me ouvisse, que me dissesse se tinha intenção ou não de colaborar com aquele meu trabalho de autoanálise. Eu não suportava que ele não desse mais nenhum sinal de vida, não tinha de me privar de um conforto que era necessário para mim, ele me devia pelo menos atenção, com que coragem ele me largava sozinha, sobrecarregada, analisando como em um microscópio, ano por ano, toda a nossa vida juntos? Não importava — eu escrevia a ele mentindo — que ele voltasse a viver comigo e com os nossos filhos. Minha urgência era outra, era urgência de entender. Por que ele tinha jogado fora, tão desenvolto, quinze anos de sentimentos, emoções, amor? Tempo, tempo, todo o tempo da minha vida tinha se perdido, e tudo só para se desfazer assim, com a leveza de um capricho. Que decisão injusta, unilateral. Soprar ao vento o passado como um inseto feio, pousado na palma da mão. O meu passado, não somente o seu, tinha chegado a este desmanche. Eu pedia a ele, suplicava, que me ajudasse a entender se aquele tempo teria tido alguma densidade, e a partir de que momento teria tomado esse andamento de dissolução, e se, em suma, teria sido realmente uma perda de horas, de meses, de anos, ou se, ao contrário, algum significado secreto pudesse redimi-lo e fizesse disto uma experiência capaz de dar novos frutos. Era necessário para mim, era urgente para mim saber, era assim que eu concluía. Somente sabendo eu poderia retomar a vida e sobreviver mesmo sem ele. Desse jeito, na confusão da vida ao deus-dará, eu estava definhando, murchando, estava seca como uma concha vazia numa praia no verão.

Quando os dedos inchados incidiam sobre a caneta até doer e os olhos se cegavam de tanto chorar, eu ia, então, até a janela. Sentia uma onda de vento que batia contra as árvores do parque ou a escuridão muda da noite, iluminada somente pelos postes com suas gemas luminosas obscurecidas pelas folhas. Naquelas longas horas fui a sentinela da dor, velei junto à multidão de palavras mortas.

7.

De dia, ao contrário, tornava-me frenética e sempre mais desatenta. Eu me impunha coisas a fazer, corria de um lado a outro na cidade com deveres nada urgentes para resolver, que eu enfrentava com a energia de uma emergência. Eu queria parecer movida por sei lá qual determinação e, ao contrário, tinha pouco controle até sobre o corpo, atrás daquele ativismo eu vivia feito sonâmbula.

Turim me parecia uma grande fortaleza com muros ferruginosos, paredes cinza geladas que o sol primaveril não conseguia esquentar. Nos dias belos estendia-se pelas ruas uma luz fria que me provocava suor de tanto mal-estar. Se eu saísse a pé, batia nas coisas e nas pessoas, sentava-me onde podia para me aquietar. De carro eu só aprontava, esquecia que estava no volante. A rua era logo substituída pelas memórias vivíssimas do passado ou por fantasias ressentidas, e amassava facilmente o para-choque freiando no último minuto, com muito ódio, como se a verdade fosse inoportuna e interviesse para desfazer um mundo evocado que era o único, naquele momento, que para mim tinha importância.

Naqueles casos eu ficava furiosa, brigava com quem estivesse dirigindo o carro no qual eu mesma tinha batido, gritava e xingava, se era um homem então eu dizia o que passa pela sua cabeça, sacanagem com certeza, uma jovem amante.

Eu realmente me assustei somente uma vez em que, distraída, deixei Ilaria sentar ao meu lado. Eu dirigia pela avenida Massimo

D'Azeglio, na altura do Galileo Ferraris. Chuviscava, embora houvesse sol, e não sei o que eu estava pensando, talvez tivesse me voltado à menina para ver se tinha ou não colocado o cinto, talvez não fosse isso. De fato só vi no último minuto o semáforo vermelho, a sombra de um homem desajeitado que atravessava na faixa. O homem olhava direto à frente, parecia Carrano, o vizinho. Talvez fosse ele, mas sem o instrumento a tiracolo, cabisbaixo, grisalho. Pisei no freio, o carro parou com um longo e lamentoso chiado a poucos centímetros dele, Ilaria quebrou o vidro com a testa, vários raios luminosos de fissuras se alargaram sobre o vidro, sua pele ficou imediatamente lívida.

Gritos, choros, senti o estrondo do bonde à minha direita, sua massa cinza-amarelada foi além da calçada, além da grade, ultrapassando-me. Fiquei muda, ao volante, enquanto Ilaria me batia com fúria com suas mãos fechadas com socos e gritava:

"Você me machucou, é uma idiota, você me machucou muito!"

Alguém me disse frases incompreensíveis, talvez tenha sido o meu próprio vizinho de casa, admitindo que tivesse sido ele. Acordei, respondi algo ofensivo. Depois abracei Ilaria, certifiquei-me de que não havia sangue, gritei contra as buzinas que tocavam insistentemente, afastei os passantes fastidiosamente solícitos, uma nebulosa de sombras e de sons. Abandonei o carro, peguei Ilaria no colo, procurei água. Atravessei os trilhos do bonde e fui insensatamente em direção a um mictório cinza sobre o qual uma estampagem antiga dizia: "casa do *fascio*". Depois mudei de ideia, como fazia?, voltei atrás. Sentei em um banquinho na parada do bonde com Ilaria nos braços, que gritava, recusando com gestos cortantes as sombras e vozes que se agrupavam ao nosso redor. Quando consegui acalmar a menina, decidi ir até o hospital. Lembro que pensei nitidamente uma coisa só, de forma insistente: alguém dirá para Mario que a filha se machucou e então ele vai dar um sinal de vida.

Mas Ilaria estava em ótimas condições. Só carregou consigo, por um longo período e com muito orgulho, o galo roxo no meio da testa, nada de grave para ninguém, menos ainda para seu pai, considerando que alguém pudesse ter contado a ele o acontecido. A única lembrança ruim daquele dia foi o meu pensamento, uma prova de mesquinhez desesperada, o desejo sem reflexão de usar uma criança para trazer Mario de volta para casa e dizer a ele: você vê o que pode acontecer quando não está aqui? Está claro para você em que direção está me empurrando, dia após dia?

Sentia vergonha. Mas por outro lado eu não podia fazer nada, eu nada conseguia pensar que não fosse uma maneira de tê-lo de volta. Logo tive essa obsessão: encontrá-lo, dizer a ele que eu já não aguentava mais, mostrar-lhe em que eu tinha me transformado sem ele. Tinha certeza de que, tomado sabe-se lá por qual cegueira de sentimento, tinha perdido a capacidade de colocar a mim e aos filhos em nossa real condição, e imaginava que nós continuávamos a viver como sempre, tranquilamente. Talvez pensasse que estávamos até um pouco aliviados, pois eu não tinha mais que me ocupar dele, finalmente, e as crianças não tinham mais que temer sua autoridade, e Gianni também não levava mais bronca por bater em Ilaria, e Ilaria já não levava mais bronca por atordoar o irmão, e todos vivíamos — nós de um lado, ele de outro — felizes. Precisava — eu dizia a mim mesma — abrir os olhos dele. Eu esperava que ele pudesse nos ver, se ele pudesse ter se inteirado do estado da casa, se ele pudesse seguir por um só dia a nossa vida, assim como ela havia se tornado — desordenada, corrida, tensa como um fio de aço que dilacera a carne — se ele pudesse ler as minhas cartas e entender quanto trabalho sério eu vinha fazendo para encontrar os estrados da nossa relação, ele teria assim se convencido a voltar imediatamente para a família.

Nunca teria nos abandonado, enfim, se soubesse algo sobre a nossa condição. A própria primavera, que já estava avançada e que talvez para ele, onde estivesse, pudesse parecer uma magnífica estação, para nós não era nada mais que um pano de fundo de desconforto e exaustão. Dia e noite o parque parecia se insinuar em nossa casa como se quisesse devorá-la com seus ramos e folhas. O pólen dominava o edifício, fazia Otto enlouquecer de raiva. As pálpebras de Ilaria estavam inchadas, Gianni mostrava irritações ao redor das narinas e atrás das orelhas. Eu mesma, pelo cansaço, pelo apagamento, dormia de novo por volta das dez da manhã e acordava em cima da hora para ir buscar os meninos na escola; de tanto medo que eu tinha de não conseguir sair daqueles sonos absurdos, acabei acostumando-os a voltar sozinhos para casa.

Por outro lado, esse sono diurno que antes me parecia um sintoma de doença, agora me agradava, eu esperava por ele. Às vezes me acordava o som distante da campainha. Eram as crianças que tocavam há sabe-se lá quanto tempo. Uma vez em que abri muito atrasada, Gianni me disse:

"Achei que você tivesse morrido."

8.

Foi durante uma daquelas manhãs passadas dormindo que acordei assustada, como se tivesse sido espetada por uma agulha. Pensei que já fosse a hora de ir buscar as crianças, olhei para o relógio, era cedo. Percebi que o que tinha me atravessado era o som do celular. Respondi com raiva, com o tom briguento que eu agora usava com todos. Mas era Mario, então logo mudei minha voz. Disse que ligava no celular pois algo estava errado com o telefone fixo, tentou muitas vezes mas só se ouvia um chiado, conversas distantes de estranhos. Senti-me comovida com a sua voz, com o seu tom gentil, com a sua presença no mundo sei lá onde. A primeira coisa que eu disse foi:

"Não é possível que você ache que eu coloquei o vidro no macarrão de propósito... Foi sem querer, eu tinha quebrado uma garrafa."

"Imagina", ele respondeu, "eu que reagi mal."

Contou-me que teve que viajar correndo por motivos de trabalho, que havia estado na Dinamarca, uma viagem bonita mas muito cansativa. Perguntou se poderia passar à noite para ver as crianças, pegar alguns livros de que precisava, suas anotações.

"Claro", respondi, "esta é a sua casa."

Num segundo, assim que desliguei, desisti do plano de exibir a ele o estado de precariedade do apartamento, das crianças e o meu. Lustrei a casa de cima a baixo, arrumei tudo. Tomei banho, sequei os cabelos, lavei-os novamente, pois não tinha gostado de como tinham ficado. Maquiei-me cuidadosamente, coloquei um vestido leve, já de verão, era um presente seu e ele gostava. Cuidei das mãos e dos pés, sobretudo dos pés, tinha vergonha, pois me pareciam ter uma forma rudimentar. Tratei de cada detalhe. Peguei até a minha agenda, fiz as contas e descobri com desapontamento que estava para descer minha menstruação. Tinha a esperança de que atrasasse alguns dias.

Quando as crianças voltaram da escola, ficaram sem palavras. A Ilaria disse:

"Tudo limpo, até você. Que linda."

Mas os sinais de complacência pararam por aí. Eles tinham se acostumado a viver na bagunça, e a volta imprevista da antiga ordem os alarmou. Tive de combater longamente para convencê-los a tomar um banho, para que se arrumassem como para uma festa. Disse:

"Hoje à noite seu pai vem, temos que fazer tudo para que ele não vá mais embora."

Ilaria anunciou quase como se fosse uma ameaça:

"Então eu conto para ele do meu galo."

"Conte o que você quiser."

Gianni disse com muita emoção:

"Eu digo que desde que ele foi embora eu erro as tarefas e estou indo mal na escola."

"Sim", eu disse aprovando, "digam tudo a ele. Digam que precisam dele, digam que ele precisa escolher entre vocês e essa nova mulher que ele tem."

À noite tomei outro banho, maquiei-me de novo, mas me sentia nervosa, não fazia outra coisa que não fosse gritar lá do banheiro com as crianças, que andavam por todos os lados com suas coisas bagunçando tudo de novo. Eu estava tomada por um mal-estar crescente, pensava: pronto, estou com espinha no queixo e na testa, mas nunca que eu posso ter um pouco de sorte na vida.

Depois tive a ideia de colocar os brincos que eram da avó do Mario, ele tinha grande apreço por essas joias, sua avó também as tinha usado a vida toda. Eram objetos com valor, em quinze anos tinha me autorizado a usá-las somente uma vez, no casamento do seu irmão, e até naquela circunstância havia criado mil empecilhos. Ele tinha tanto ciúme das joias, não porque eu as pudesse perder ou porque pudessem ser roubadas ou porque as considerasse um bem exclusivamente seu, acho que no fundo, vendo-as serem usadas por mim, temia que estragasse alguma lembrança ou fantasia da infância ou da adolescência.

Decidi mostrar-lhe, de uma vez por todas, que de todas aquelas fantasias eu era a única encarnação possível. Olhei-me no espelho e, embora estivesse abatida, olheiras azuladas, uma cor amarela que nem o blush conseguia apagar, me vi bonita, ou melhor, quis parecer bonita a qualquer custo. Eu precisava de confiança. A minha pele ainda estava tensa. Não dava para ver os meus trinta e oito anos. Se eu conseguisse esconder de mim mesma a impressão de que a vida tinha sido aspirada como sangue e saliva e muco de dentro de mim, numa operação cirúrgica, talvez eu conseguisse enganar até o Mario.

Logo depois me deprimi. Senti as pálpebras pesarem, dor nas costas, vontade de chorar. Chequei a calcinha e estava manchada de sangue. Soltei uma obscenidade no meu dialeto, com tamanho ódio na voz, que temia que as crianças tivessem ouvido. Tomei outro banho, me troquei. No fim, tocou a campainha.

Irritei-me imediatamente, o senhor se comportava como um estranho, não usava as chaves da sua casa, queria destacar o fato de que estava somente fazendo uma visita. O primeiro a se jogar no corredor foi Otto, pulando loucamente, com a respiração truncada e com latidos entusiasmados de reconhecimento. Depois chegou Gianni, que abriu a porta e ficou paralisado como se estivesse às ordens. Atrás dele, quase escondida atrás do irmão, sorrindo com os olhos mareados, se enfileirou Ilaria. Eu fiquei no fim do corredor, ao lado da porta da cozinha.

Mario entrou cheio de pacotes. Não o via há exatamente trinta e quatro dias. Pareceu-me mais jovem, com aspecto mais bem cuidado, até mais descansado, e o meu estômago se contraiu de forma tão dolorosa que senti que poderia desmaiar. No seu corpo, no seu rosto, não havia vestígio da nossa ausência. Enquanto eu carregava em mim — só de leve me tocou o seu olhar e tive certeza — todos os sinais do sofrimento, ele não conseguia esconder os do bem-estar, talvez da felicidade.

"Meninos, deixem seu pai em paz", disse com uma voz falsamente alegre, quando Ilaria e Gianni terminaram de abrir os presentes e pular no seu pescoço, enchendo-o de beijos e brigando entre eles para chamar atenção. Mas não me ouviram. Fiquei zangada num canto, enquanto Ilaria experimentava o vestidinho que o pai tinha trazido, toda afetada, e Gianni fazia voar pelo corredor um carrinho elétrico atrás do qual corria latindo o Otto. O tempo parecia ferver, como se ondas pastosas saíssem da panela e transbordassem sobre o gás. Tive que aguentar a menina contando a versão tenebrosa do galo e a minha culpa, Mario beijava-lhe a testa certificando que não era nada de grave, Gianni exagerava contando suas peripécias escolares e lia para o pai em voz alta uma tarefa que não tinha agradado a professora, o pai exaltava o dever de casa, tranquilizando-o. Que ceninha patética. No final não suportei mais, empurrei mal-humoradamente os meninos para seu quarto, fechei a porta ameaçando puni-los caso saíssem de lá, depois de um esforço razoável para atribuir de novo à minha voz um tom interessante, esforço que fracassou miseravelmente, exclamei:

"Bem. Curtiu a vida na Dinamarca? Levou a sua amante?"

Ele sacudiu a cabeça, curvou os lábios, respondeu com um tom baixo:

"Se você fizer assim, pego as minhas coisas e vou embora imediatamente."

"Só te perguntei como foi a viagem. Não posso perguntar?"

"Não com esse tom."

"Ah, não? E que tom eu tenho? Que tom eu deveria ter?"

"Aquele de uma pessoa civilizada."

"E você foi civilizado comigo?"

"Eu me apaixonei."

"Eu já estava apaixonada. Por você. Mas você me humilhou e continua me humilhando."

Abaixou os olhos, me parecia sinceramente desolado, e então me comovi, pensei em lhe falar de repente com afeto, eu não soube fazer de outro jeito. Disse que entendia a sua situação, disse que imaginava o quanto ele se sentia confuso; mas eu — murmurei com longas e sofridas pausas —, por mais que tentasse restabelecer uma ordem, entender, esperar pacientemente que a tempestade passasse, às vezes cedia, às vezes eu não conseguia. Então, para lhe dar prova da minha boa vontade, extraí da gaveta da mesa da cozinha um maço de cartas que havia escrito para ele e depositei-as ansiosamente na sua frente.

"Olha quanto eu trabalhei", expliquei, "aí dentro há as minhas razões e o esforço que tenho feito para entender as tuas. Leia."

"Agora?"

"E senão, quando?"

Abriu desanimadamente a primeira página, olhou algumas linhas, me olhou.

"Vou lê-las em casa."

"Na casa de quem?"

"Para, Olga. Me dá um tempo, por favor, não pense que é fácil."

"Com certeza está mais fácil do que para mim."

"Não é verdade. É como se eu estivesse caindo. Tenho medo das horas, dos minutos..."

Não sei direito o que ele disse. Para ser sincera, acho que ele deve ter dito algo sobre o fato de viver juntos, dormir na mesma cama, que o corpo do outro se torna como um relógio, "um medidor", disse — usou esta expressão —, "um medidor de vida que vai embora deixando um rastro de angústia". Mas tive a impressão de que quisesse dizer outra coisa, certamente eu entendi mais do que ele havia dito, e com uma crescente e calculada vulgaridade que ele antes havia tentado recusar, eu o calei, falando lentamente:

"Você quer dizer que eu te angustiava? Quer dizer que dormindo comigo você se sentia envelhecer? A morte, você a media na minha bunda, como era gostosa antes e como tinha ficado agora? É isso que você quer dizer?"

"As crianças estão lá no quarto..."

"Estão lá, estão cá... E eu estou onde? Onde você está me colocando? É isso que eu quero saber! Se você se angustia, não imagina o quanto eu me angustio? Leia, leia as cartas! Não consigo entender! Não entendo o que aconteceu!"

Olhou as cartas com um olhar cheio de repulsa.

"Se virar uma obsessão, você nunca vai entender."

"Ah é? E como eu deveria me comportar para não virar uma obsessão?"

"Você deveria se distrair."

Tive uma brusca contorção por dentro, me deu vontade de saber se pelo menos sentia ciúmes, se ainda desejava possuir meu corpo, se poderia aceitar a intrusão de outro.

"Claro que eu me distraio", disse, assumindo um tom fátuo, "não pense que eu esteja aqui esperando. Escrevo, tento entender, me acabo. Mas faço-o por mim, pelas crianças, certamente não para te agradar. Só faltava. Você deu uma olhada? Viu como vivemos bem nós três? Me viu?"

Estufei o peito, balancei os brincos oferecendo-lhe ironicamente antes um perfil, depois o outro.

"Você está bem", disse, sem convicção.

"Bem o caralho. Eu estou superbem. Pergunta para o nosso vizinho, pergunta para o Carrano como eu estou."

"O tocador?"

"O músico."

"Você está saindo com ele?", perguntou-me, sem muita vontade.

Ri, quase como se fosse um soluço.

"Sim, digamos que sim. Saio assim como você sai com a sua amante."

"Mas por que bem ele? Eu não gosto dele."

"Eu tenho que trepar com ele, não você."

Levou as mãos ao seu rosto, esfregou bastante, e então murmurou:

"Você faz isso na frente das crianças?"

Eu sorri.

"Foder?"

"Falar desse jeito."

Perdi todo o controle e comecei a gritar:

"Falar como? Enchi o saco de nhenhenhém. Você me feriu, você está me destruindo, e eu preciso falar como uma boa esposa bem educada? Vai tomar no cu! Quais são as palavras que eu deveria usar para aquilo que você me fez, para aquilo que você está fazendo comigo? Que palavras eu tenho que usar para falar do que você anda fazendo com ela? Vamos conversar! Você lambe a boceta dela? Come o cuzinho dela? Você faz com ela todas as coisas que nunca fez comigo? Fala! Porque vejo tudo, vocês dois! Eu vejo com estes olhos tudo o que vocês fazem juntos, vejo-o cem, mil vezes, vejo de dia e de noite, com os olhos abertos ou fechados! Mas, para não perturbar o senhor, para não perturbar os seus filhos, preciso usar um linguajar limpo, preciso ser fina, preciso ser elegante! Vai embora daqui! Vai, filho da puta!"

Levantou imediatamente, furioso entrou em seu escritório, enfiou livros e cadernos numa bolsa, parou um segundo como se estivesse enfeitiçado por seu computador, pegou uma capinha com alguns disquetes, outras coisas da gaveta.

Respirei, corri atrás dele. Tinha na cabeça uma multidão de recriminações. Queria gritar: não toque em mais nada; são coisas com as quais você trabalhou enquanto eu estava lá, ocupando-me de você, fazendo compras, cozinhando, é um tempo que também me pertence um pouco, deixe tudo aí. Mas agora eu estava assustada com as consequências de cada palavra que havia dito, daquelas que poderia ter dito, temia ter provocado desgosto a ele, e que ele fosse realmente embora.

"Mario, desculpa, vem, vamos falar... Mario! Só estou um pouco nervosa..."

Foi até a porta me empurrando, abriu e disse:

"Preciso ir. Mas volto, não se preocupe. Volto pelas crianças."

Estava quase saindo, parou e disse:

"Não use mais estas joias. Não ficam bem em você."

Depois desapareceu sem sequer fechar a porta.

Eu empurrei o batente com força, era uma porta velha tão aos pedaços que bateu e voltou para trás abrindo outra vez. Então chutei o batente com tanta raiva que finalmente fechou. Depois corri até a sacada enquanto o cachorro, preocupado, se zangava ao meu redor. Esperei que aparecesse na rua, gritei desesperada:

"Me fala onde mora, me dá pelo menos o número de telefone! Como faço se precisar de você, se as crianças ficarem mal..."

Nem levantou a cabeça. Gritei, fora de mim:

"Quero saber como se chama aquela puta, você tem que falar... Quero saber se é bonita, quero saber quantos anos tem..."

Mario entrou no carro e o ligou. O carro desapareceu sob a vegetação no meio da pracinha, apareceu e desapareceu outra vez.

"Mamãe", Gianni me chamou.

9.

Virei-me. As crianças abriram a porta do quarto, mas não tinham coragem de atravessar o limiar. Meu aspecto, provavelmente, não era reconfortante. Espiavam-me, aterrorizadas.

Tinham um olhar tal que pensei que estivessem vendo como alguns personagens nos contos de fantasmas, que viam mais do que era possível ver. Talvez eu tivesse ao meu lado, rígida como uma estátua sepulcral, a mulher abandonada das minhas memórias infantis, a pobre coitada. Ela tinha vindo de Nápoles até Turim para me segurar pela barra da saia, antes que eu me jogasse do quinto andar. Sabia que eu queria chorar sobre o meu marido lágrimas de suor frio e sangue, gritar: fique. Certo momento, uma noite, ela se irritou. Minha mãe dizia baixinho às duas ajudantes, uma morena e a outra loira: "A pobre coitada achou que o marido iria se arrepender e voltar correndo para a cabeceira da cama e pedir perdão". Ele, ao contrário, foi para longe, prudentemente, com a mulher que agora amava. E a minha mãe ria amargamente dos amargores daquela história e de outras, todas iguais, que ela conhecia. As mulheres sem amor dissipavam a luz dos olhos, as mulheres sem amor morriam vivendo. Dizia assim enquanto costurava por horas e ao mesmo tempo cortava os tecidos sobre os corpos de suas clientes que no final dos anos sessenta ainda encomendavam roupas sob medida. Relato e difamação e costura: eu escutava. A necessidade de escrever histórias eu descobri ali, embaixo da mesa, enquanto brincava. O homem infiel que fugiu para Pescara não acudiu nem mesmo quando a esposa intencionalmente se pôs entre a vida e a morte, e foi necessário chamar uma ambulância para levá-la até o hospital. Frases que ficaram sempre na minha mente. Pôr-se intencionalmente entre a vida e a morte, pairando feito um equilibrista. Sentia as palavras da minha mãe e, não sei por quê, imaginava que a pobre coitada tivesse se deitado, por amor ao marido, sobre a lâmina de uma espada, e a lâmina tivesse cortado o vestido, a pele. Quando vi que tinha voltado do hospital me pareceu ainda mais pobre coitada do que antes, sob o vestido tinha um corte rubro e escuro. Os vizinhos fugiam dela, mas somente porque não sabiam como falar com ela, não sabiam o que dizer.

    Me recompus, voltou o rancor, eu queria me jogar em cima de Mario com todo o meu peso, queria persegui-lo. A partir do dia seguinte eu decidi recomeçar a telefonar aos antigos amigos para retomar os contatos. Mas o telefone não estava funcionando. Mario tinha dito a verdade, pelo menos sobre isso. Assim que o tirei do gancho ouvi um ruído insuportável, um som de vozes distantes.

    Peguei o celular. Procurei, metodicamente, todos os meus conhecidos com um tom artificialmente calmo, deixei transparecer que tinha me acalmado, que estava aprendendo a aceitar a nova realidade. Aos que pareciam mais disponíveis comecei a perguntar cuidadosamente sobre Mario, sobre sua mulher, com jeito de quem já sabe tudo e só quer conversar um pouco para desabafar. A maioria me deu respostas monossilábicas, intuindo que eu estava tentando desenvolver um inquérito desonesto. Mas outros não resistiram, me revelaram cuidadosamente pequenos detalhes: a amante do meu marido tinha um Volkswagen cinza metálico, usava sempre uma botinha vermelha vulgar, era uma loirinha sem sal e nem açúcar, idade indefinida. Lea Farraco se mostrou a mais disponível às conversas. Não fez fofoca, na verdade ela só me disse o que sabia. Nunca os havia encontrado. Sobre a mulher ela não sabia dizer nada. Mas sabia que eles viviam juntos. Não sabia o endereço, mas se dizia que viviam perto do largo Brescia, sim, bem ali, no largo Brescia. Encontraram um refúgio distante, em um local não muito agradável, pois Mario não queria ver ninguém, nem queria ser visto, sobretudo pelos antigos amigos da faculdade de engenharia.

Eu ia incitando-a para saber algo mais quando meu celular, que não sei há quanto tempo eu não carregava, parou de dar sinais de vida. Procurei freneticamente pela casa o carregador, mas não encontrei. No dia anterior eu tinha arrumado cada canto da casa pela vinda de Mario, com certeza tinha enfiado o carregador num lugar seguro mas agora, mesmo procurando por todos os lados, não conseguia me lembrar. Tive um dos meus ataques de ódio, Otto começou a latir de um jeito insuportável, joguei o celular na parede para evitar lançá-lo no cachorro.

O aparelho se rompeu em dois, os pedaços acabaram no chão com dois golpes certeiros, o cachorro latiu e mordeu como se estivessem vivos. Quando me acalmei, fui até o telefone fixo, peguei o aparelho, ouvi aquele longo chiado, as vozes distantes. Mas em vez de desligar, sem refletir, com um gesto habitual dos dedos, refiz o número da Lea. O chiado parou de uma vez e a linha voltou, mistérios dos telefones.

Aquela segunda ligação foi inútil. Já havia passado um bocado de tempo e quando minha amiga respondeu, percebi que estava sofrivelmente reticente. O marido talvez tivesse chamado sua atenção, ou ela mesma talvez tivesse se arrependido de colaborar com a complicação da situação que já estava bem complicada. Me disse com um mal-estar desajeitado que não sabia mais nada. Não via Mario há muito tempo e sobre a mulher não tinha ideia se era jovem, se era velha, se trabalhava. Sobre o local onde moravam, largo Brescia era só uma indicação aproximativa: poderia ser também Corso Palermo, Via Teramo, Via Lodi, difícil saber naquela parte da cidade, tudo tinha nome de cidades. E mesmo assim lhe parecia bem anômalo que Mario tivesse acabado naquele lugar. Me aconselhou a desistir, o tempo acertaria as coisas.

Isso não impediu que naquela mesma noite, assim que as crianças adormeceram, eu pegasse o carro para zanzar por aí até uma, duas horas da manhã andando pelo largo Brescia, Corso Brescia, Corso Palermo. Dirigia lentamente. Por aqueles lados a cidade me pareceu lacerada em sua compacidade, era ferida por um grande rasgo, desenhado pelos trilhos reluzentes do bonde. O céu preto, afastado somente por um guindaste alto e elegante, comprimia os edifícios baixos e a luz doentia dos postes, como o fundo implacável de uma pistão em movimento. Tecidos brancos e azuis pendurados nas sacadas se chocavam, levados pela brisa, contra os pratos cinzentos das antenas parabólicas. Estacionei, andei pelas ruas com uma fúria vingativa. Eu esperava encontrar Mario e sua amante. Era o que eu desejava. Pensava poder surpreendê-los ao saírem do Volkswagen dela, voltando do cinema ou de um restaurante, felizes como fomos eu e ele até, pelo menos, nascerem as crianças. Mas nada: carros e carros vazios, lojas vazias, um bêbado sentado num canto. Aos edifícios novos e restaurados seguiam as construções desfeitas, vozes estrangeiras animadas. Eu li num teto de telhas de uma construção baixinha, em amarelo: Silvano livre. Livre ele, livres nós, todos livres. Desgosto dos tormentos que acorrentam, vínculos da vida grave. Apoiei-me sem energias na parede pintada de azul de um prédio na rua Alexandria, letras gravadas na pedra "Creche Príncipe de Nápoles". Eis onde eu estava, os sotaques do sul gritavam na minha cabeça, cidades distantes tornavam-se um só movimento, a chama azul do mar e aquela branca dos Alpes. A pobre coitada da Piazza Mazzini trinta anos antes se apoiava como eu sobre um muro, uma parede, quando lhe faltava o ar pelo desespero. Eu não conseguia, como ela, aliviar meu desejo de protesto, de vingança. Mesmo que Mario e sua nova mulher tivessem se escondido realmente num daqueles edifícios — naquele maciço que dava para um vasto pátio, com a escrita "alumínio" na entrada, as paredes cheias de sacadas e uma sem a sua rede de proteção — teriam com certeza escondido, por trás de uma daquelas cortinas, dos olhares indiscretos dos seus vizinhos, sua felicidade de estarem juntos e eu não podia fazer nada, nada, com todo o meu sofrimento, com todo o meu ódio que desejava rasgar a tela atrás da qual eles se escondiam e finalmente mostrar-lhes minha infelicidade, tornando-os infelizes.

Perambulei muito tempo pelas ruas purpúreas plúmbeas, com a certeza insensata (aquelas certezas sem fundamento algum que denominamos premonições, desembocadura fantástica dos nossos desejos) de que eles estavam lá em algum lugar, atrás de algum portão, atrás de uma esquina, atrás de uma janela, e talvez me vissem e se retraíssem feito bandidos em paz com os seus crimes.

Mas não cheguei a lugar algum, voltei para casa por volta das duas, exausta pela desilusão. Estacionei na avenida, voltei em direção à pracinha, vi o vulto do Carrano que se dirigia ao portão. A caixa do instrumento aparecia por trás das suas costas curvas, feito um ferrão.

Tive como que um impulso de chamá-lo, eu já não aguentava mais a solidão, eu precisava falar com alguém, brigar com alguém, gritar. Apertei o passo para alcançá-lo, mas ele já tinha desaparecido por trás do portão. Mesmo se eu tivesse corrido (e eu não tinha coragem de fazer isso, temia que o asfalto se abrisse, que se abrisse o parque, cada tronco de árvore, até a superfície do rio), nunca teria conseguido alcançá-lo antes que ele entrasse no elevador. Estava prestes a fazê-lo quando vi que havia algo no chão, embaixo da haste de duas lâmpadas do poste.

Abaixei, era a capa plastificada de uma carteira de motorista. Abri, vi o rosto do músico, mas muito mais jovem: Aldo Carrano, nascido numa cidadezinha do sul; pela data de nascimento se via que tinha quase cinquenta e três anos, o aniversário era em agosto. Eu agora tinha uma boa desculpa para tocar sua campainha.

Coloquei o documento no bolso, entrei no elevador, apertei o botão com o número quatro.

O elevador parecia mais lento que o normal, o zumbido no silêncio absoluto acelerou as batidas do meu coração. Mas quando parou no quarto andar, senti-me tomada pelo pânico, não hesitei nem um segundo e já apertei o botão com o número cinco.

Para casa, para casa imediatamente. E se as crianças tivessem acordado, e se tivessem me procurado pelos cômodos vazios? Devolveria a carteira de motorista de Carrano no dia seguinte. Por que bater à porta de um estranho às duas da manhã?

Um emaranhado de rancores, um sentido de revanche, a necessidade de testar a potência da ofensa do meu corpo queimava qualquer resquício de bom-senso.

Sim, para casa.

10.

No dia seguinte Carrano e sua carteira de motorista acabaram, com alguma resistência, no esquecimento. As crianças tinham acabado de ir para a escola quando percebi que a casa fora invadida por formigas. Acontecia todo ano durante aquela estação, assim que chegava o calor do verão. Em fileiras maciças avançavam pela janela, pela sacada, saíam por debaixo dos tacos, corriam e se escondiam de novo, marchavam até a cozinha, em direção ao açúcar, ao pão, à geleia. Otto cheirava-as, latia, sem querer levava-as para todos os cantos da casa, escondidas sob seu pelo.

Corri para pegar um pano de chão e lavei bem cada quarto. Esfreguei uma casca de limão nos lugares que pareciam de maior risco. E esperei, muito nervosa. Assim que reapareceram, localizei com precisão os lugares que davam acesso ao apartamento, as entradas das numerosas tocas, as saídas, e preenchi tudo com talco. Quando percebi que nem o talco nem o limão eram suficientes, decidi voltar ao inseticida, mesmo com medo de fazer mal a Otto, que lambia tudo sem distinguir entre o que era bom e o que era ruim.

Fui remexer na despensa e encontrei um spray. Li atentamente as instruções, fechei Otto no quarto das crianças e passei o produto em todos os cantos da casa. Fiz isso com certo incômodo, sentindo que o spray poderia muito bem ser a extensão viva do meu organismo, um nebulizador de fel dentro do meu corpo. E então esperei, tentando não dar atenção aos latidos de Otto, que raspava a porta. Fui até a sacada para não respirar o ar envenenado da casa.

A sacada dava para o vazio feito um trampolim para a piscina. Havia um ar abafado que pesava sobre as árvores imóveis do parque, envolvia a placa azul do Pó, as canoas cinzas e azuis dos remadores e os arcos da ponte Princesa Isabella. Embaixo estava o Carrano, que andava curvo pela avenida, provavelmente em busca da sua carteira de motorista. Gritei:

"Senhor! Senhor Carrano!"

Mas sempre tive uma voz baixa, não sei gritar, as palavras caem por perto de mim como pedrinhas jogadas pela mão de uma criança. Queria dizer a ele que o seu documento estava comigo, mas ele nem se virou. Então fiquei em silêncio a olhá-lo lá do quinto andar, magro mas com os ombros grandes, os cabelos grisalhos e volumosos. Eu sentia crescer dentro de mim algo como uma hostilidade em relação a ele, quanto mais ferrenha mais irracional. Quem sabe quais segredos de homem sozinho ele tinha, talvez a obsessão masculina pelo sexo, o culto do pinto, até idade avançada. Ele também com certeza não conseguia ver nada além do que o seu miserável esguicho de porra, estava feliz somente quando podia ver que ainda ficava duro, como as folhas morrentes de uma planta queimada que recebe um pouco de água. Rude com os corpos das mulheres que lhe apareciam, apressado, sujo, tinha com certeza como único objetivo marcar os pontos como num polígono, afundar dentro de uma boceta vermelha como uma ideia fixa coroada por círculos concêntricos. Melhor se a mancha de pelos for jovem e brilhante, ah, a virtude de uma bunda dura. Assim eu pensava, atribuí a ele esses pensamentos, fui atravessada por fulgurações vívidas de raiva. Só voltei a mim quando, olhando para baixo, me dei conta que a figura magra de Carramo não cortava mais a avenida com a sua lâmina escura.

Voltei para dentro, o cheiro do inseticida tinha melhorado. Varri o que sobrava das formigas mortas, lavei de novo com força, com os lábios cerrados, o chão, fui abrir para Otto, que uivava desesperado. Mas descobri com desgosto que o quarto das crianças, agora, estava infestado. Dos tacos mal rejuntados do antigo piso apareceram enfileiradas, com uma energia determinada, patrulhas negras numa fuga desesperada.

Coloquei-me de novo a trabalhar, não podia fazer outra coisa, mas agora já estava sem vontade, desanimada pela impressão de inevitabilidade, mas me incomodava, e mais, aquele formigamento me parecia um pedido de vida ativa e intensa que não conhece obstáculo algum, aliás, qualquer bloqueio desembainha uma vontade cruel e obstinada de fazer as coisas do seu jeito.

Depois de ter espalhado inseticida também naquele cômodo, coloquei a coleira em Otto e deixei que ele me levasse pelas escadas, de uma a outra, arquejante.

11.

O cachorro seguia pela avenida, incomodado pela forma como eu o freiava, sentindo o aperto da coleira. Passei em frente ao toco de submarino verde de que Gianni tanto gostava, segui pelo túnel cheio de escritas obscenas, fui caminhando até o pequeno bosque de pinheiros. Naquele horário, as mães — enormes grupos de mães tagarelas — ficavam à sombra das árvores, fechadas em um círculo com os carrinhos de bebê como colonas durante uma parada num filme de bangue-bangue, ou controlavam as crianças pequenas que gritavam mais à frente brincando de bola. A maioria não gostava dos cachorros em liberdade. Projetavam seus medos nos animais, temiam que mordessem as crianças ou que sujassem o parquinho.

O pastor sofria, queria correr e brincar, mas não sabia o que fazer. Eu me sentia com os nervos à flor da pele e queria evitar situações de conflito. Melhor segurar Otto com força do que brigar.

Fui entrando no bosquinho de pinheiros esperando que ali não encontrasse nenhum chato. O cachorro farejava o chão em êxtase. Eu sempre me ocupei pouco dele, mas tinha um grande carinho. Ele também me amava, mas sem esperar muito de mim. Sempre foi Mario que lhe deu sustento, brincadeiras e corridas ao ar livre. E agora que meu marido desaparecera, Otto, como um animal de bom caráter, se adaptava à ausência com alguma melancolia e alguns latidos de incômodo pelos hábitos consolidados que não eram mais respeitados. Por exemplo, Mario com certeza teria tirado, em algum momento, a coleira, logo depois do túnel, e ao mesmo tempo teria começado a conversar com as senhoras nos banquinhos para tranquilizá-las e dizer que o pastor tinha uma boa índole, era amigo das crianças. Eu, ao contrário, até no bosquinho queria ter certeza de que ninguém ficaria bravo e só então o soltei. Ficou louco de alegria, correu rapidamente de um lado para o outro.

Escolhi então um graveto longo e flexível e o agitei, antes sem vontade e depois mais decidida. Eu gostava desse assobio, era uma brincadeira que eu fazia quando criança. Uma vez estava no pátio de casa, tinha encontrado uma vareta fina como essa e brincava cortando o ar, fazendo o graveto gemer. Foi então que ouvi que a nossa vizinha, não conseguindo morrer com veneno, tinha se afogado pelas bandas de Capo Miseno. A voz viajava de uma janela a outra, de um andar a outro. Minha mãe me chamou logo para casa, estava nervosa, muitas vezes se zangava comigo sem nenhum motivo, eu não tinha feito nada de mal. Às vezes me dava a impressão de que ela não gostava de mim, como se reconhecesse no meu rosto algo de si que ela mesma detestava, um mal secreto seu. Naquele momento me proibiu de descer de novo até o pátio, de ficar nas escadas do prédio. Fiquei num canto escuro da casa imaginando o relato do corpo cheio de água e sem ar da pobre coitada, uma anchova prateada para colocar no sal. E em seguida, todas as vezes em que eu brincava de chicotear o ar para extrair lamentos, me vinha à memória ela, a mulher em salmoura. Ouvia a voz do afogamento, enquanto descia pela água durante a noite inteira, até Capo Miseno. Só de pensar, agora, me dava vontade de chicotear o ar do bosquinho com mais força, como quando criança, para evocar os espíritos, talvez para espantá-los, e quanto mais energia eu colocava, mais o assobio se fazia cortante. Comecei a rir sozinha por me ver assim, uma mulher com trinta e oito anos em grande dificuldade que volta repentinamente à sua brincadeira de infância. Sim, eu dizia, vamos fazer, vamos imaginar, até na vida adulta, um monte de coisas insensatas, por alegria ou por exaustão. E eu ria mexendo o graveto longo e fino, cada vez eu ria mais.

Só parei quando ouvi um grito. Um longo grito de mulher jovem, uma moça que havia aparecido do nada no fim da trilha. Grande, não gorda, tinha ossos robustos sob a pele branca, e o rosto marcado, cabelos bem pretos. Gritava segurando com força a alça do carrinho do qual saíam ecos de berros de neném. Otto, enquanto isso, latia para ela de forma ameaçadora, ele também assustado pelos gritos e pelo choro. Comecei a correr até eles gritando eu também alguma coisa para o cachorro: pra casinha, pra casinha. Mas ele continuou a latir e a mulher gritou para mim:

"Mas não sabe que ele tem que ficar na coleira? Não sabe que tem que colocar a focinheira?"

Filha da puta. Era ela quem precisava de uma coleira. Gritei sem me conter.

"Mas um pouco de cabeça você tem? Se você começa a gritar, assusta o neném, o neném também grita e vocês dois assustam o cachorro e ele late! Ação e reação, caralho, ação e reação! Você que deveria ter uma focinheira!"

Ela reagiu com a mesma agressividade. Ficou brava comigo, com Otto, que continuava a latir. Invocou o marido, disse me ameaçando que ele sim saberia o que fazer, que teria resolvido definitivamente aquele problema dos cachorros soltos no parque, gritou que os espaços verdes eram para as crianças e não para os animais. Depois pegou no colo o filho que estava chorando no carrinho, aproximou-o do seio murmurando palavras de conforto, não sei se para ela mesma ou para ele. No fim disse lentamente, com os olhos arregalados, olhando para o Otto:

"Está vendo? Está ouvindo? Se ficar sem leite vou fazer a senhora pagar!"

Talvez tenha sido aquela referência ao leite, não sei, mas senti como uma fisgada no peito, como se despertasse bruscamente para o que estava ouvindo, abrindo os olhos. Logo me dei conta de Otto em toda a sua realidade de presas afiadas, orelhas em pé, pelo arrepiado, olhar feroz, cada músculo pronto para pular, o latido ameaçador. Era um espetáculo realmente assustador, parecia-me fora de si, transmutado num outro cachorro de grande e imprevisível maldade. Estúpido lobo mau dos contos. Foi —

convenci-me — um ato intolerável de desobediência que ele não tivesse se acalmado quando eu o disse, mas, pelo contrário, tivesse continuado a latir, complicando a situação. Eu gritei:

"Chega, Otto, agora chega!"

Como não parava, levantei o ramo que tinha na mão como para ameaçá-lo, mas nem assim ele parou.

Isso me incomodou, eu o açoitei com força. Ouvi o assobio no ar e vi o seu olhar surpreso quando recebeu o golpe na orelha. Cachorro besta, cachorro besta que Mario deu de presente, ainda filhote, para Gianni e Ilaria, que cresceu na nossa casa, que tinha se tornado um bicho afetuoso, presente que meu marido tinha, na verdade, dado a si mesmo, desde pequeno ele queria um cachorro, que desejo do Gianni e da Ilaria o quê, cachorro mimado, bicho que sempre teve tudo. Agora eu estava gritando com ele, besta, besta, e eu me ouvia bem enquanto o fazia, eu o açoitava, açoitava, açoitava e ele gania recolhido, o corpo sempre mais rente ao solo, as orelhas baixas, imóvel e triste diante daquela chuva incompreensível de golpes.

"Mas o que está fazendo?", murmurou a mulher.

Como eu não respondi e continuei a açoitar Otto, ela se afastou rapidamente empurrando o carrinho com uma mão só, aterrorizada não mais pelo cão, mas por mim.

12.

Quando percebi essa reação, parei. Olhei a mulher que estava quase correndo pela trilha, levantando um pouco de poeira, e depois ouvi o Otto que gania com o focinho entre as patas, infeliz.

Joguei fora o chicote, me juntei a ele, fiz carinho. O que eu havia feito? Dentro do seu sentir de pobre animal desorientado, eu tinha me decomposto, como sob um ácido. Eu havia infligido a ele um golpe brutal totalmente a esmo. Eu tinha gerado uma confusão na sua composição estratificada da experiência, agora tudo estava dentro de um fluxo de irritação. Sim, pobre Otto, murmurei isso para ele por não sei quanto tempo, sim.

Voltamos para casa. Abri a porta, entrei. Mas senti que a casa não estava vazia, que havia alguém.

Otto partiu rapidamente pelo corredor, recuperando vitalidade e alegria. Corri para o quarto das crianças, elas estavam lá, cada uma deitada em sua cama, as mochilas apoiadas no chão, um ar perplexo. Olhei a hora, o fato era que eu havia me esquecido deles.

"O que é esse cheiro horrível?", perguntou Gianni, afastando a festa do Otto.

"Inseticida. Tem formigas em casa."

Ilaria reclamou:

"Que horas vamos comer?"

Sacudi a cabeça. Eu tinha em mente fazer a eles uma pergunta confusa, e enquanto isso respondia para as crianças que eu não tinha feito compras, que não tinha cozinhado, não sabia o que daria a eles para comer, culpa das formigas.

Depois estremeci. A pergunta era:

"Como vocês entraram em casa?"

Sim, como eles entraram? Eles não tinham a chave, eu não havia lhes dado a chave, tinha dúvidas de que soubessem lidar com uma fechadura. Mas eles estavam lá no quarto como uma assombração. Apertei-os contra meu corpo com muita força, abracei-os para ter certeza de que eram realmente os dois em carne e de que eu não estava falando com duas figuras feitas de ar.

Gianni respondeu:

"A porta estava entreaberta."

Fui até a porta, examinei-a. Não encontrei sinal algum de arrombamento, mas era normal, a fechadura era velha, bastava pouco para conseguir abri-la.

"Não tinha ninguém em casa?", perguntei, muito agitada, às crianças, e enquanto isso eu já ia pensando: e se os ladrões foram surpreendidos pelas crianças e agora estão escondidos em algum lugar?

Fui adentrando a casa segurando por perto meus filhos, sentindo-me consolada somente pelo fato de que Otto seguia pulando por ali sem dar nenhum sinal de alarme. Olhei por todos os cantos, ninguém. Tudo estava em ordem, limpo, não tinha nem mesmo vestígio do viveiro de formigas.

Ilaria insistiu outra vez:

"O que vamos comer?"

Preparei um omelete. Gianni e Ilaria devoraram, eu comi só um pouco de pão com queijo. Fiz isso distraidamente, ouvindo também distraidamente as conversas das crianças, aquilo que tinham feito na escola, o que um amigo dissera, que brigas aconteceram.

Enquanto isso eu pensava: os ladrões olham por todos os cantos, reviram as gavetas, se não encontram nada para roubar se vingam cagando nos lençóis, mijando por todos os lados. Nada disso tinha acontecido no apartamento. E, bom, também não era uma regra que isso acontecesse. Perdi-me na lembrança de um episódio ocorrido vinte anos antes, quando eu ainda vivia com os meus pais. Contradizia todas as falas sobre os comportamentos dos ladrões. Voltando para casa vimos que a porta tinha sido arrombada, mas a casa estava perfeitamente em ordem. Não havia vestígio nem mesmo de vinganças sujas. Só horas depois foi que descobrimos que faltava a única coisa com valor que tínhamos: um relógio de ouro que meu pai havia dado a minha mãe anos antes.

Deixei os meninos na cozinha e fui ver se o dinheiro estava no lugar em que eu, normalmente, o deixava. Estava lá. Mas eu não encontrei as joias da avó do Mario. Não estavam no lugar delas, na gaveta da cômoda, e não estavam em nenhum outro lugar da casa.

13.

Passei a noite e os dias seguintes refletindo. Sentia-me empenhada em dois *fronts*: tentar manter parada a realidade dos fatos represando o fluxo das imagens mentais e dos pensamentos, tentar ser forte, no meio tempo, imaginando-me como uma salamandra que sabe atravessar o fogo sem sentir a dor.

Não sucumbir, eu dizia. Combater. Temia, sobretudo, a minha crescente incapacidade de me deter num pensamento, de me concentrar numa ação necessária. Sentia-me assustada com torções bruscas, não controladas. Mario, escrevia para me dar coragem, não levou consigo o mundo, levou consigo somente a si mesmo. E você não é uma mulher de trinta anos atrás. Você é de hoje, segure-se no hoje, não regrida, não se perca, se segure. Sobretudo não se abandone aos monólogos absortos ou maldizentes ou odiosos. Apague as exclamações. Ele foi, você fica. Você não terá mais a luz dos seus olhos, suas palavras, mas e daí? Organize as defesas, conserve sua inteireza, não se faça quebrar como um objeto de decoração, como um joguete, mulher nenhuma é um joguete. *La femme rompue*, ah, *rompue*, rompe o caralho. A minha tarefa, eu pensava, é mostrar que é possível permanecer sã. Demonstrá-lo a mim mesma, a mais ninguém. Se for exposta aos lagartos, combaterei lagartos. Se for exposta às formigas, combaterei formigas. Se for exposta aos ladrões, combaterei ladrões. Se for exposta a mim mesma, combaterei a mim.

Enquanto isso eu me perguntava: quem é que veio nessa casa, quem pegou só os brincos e nada mais? Eu me respondia: ele. Veio buscar os brincos da família. Quer me mostrar que eu não sou mais como do seu sangue, me fez uma estranha, ele definitivamente me exilou de si.

Depois, porém, eu mudava de ideia, aquela me parecia insuportável demais. Dizia a mim mesma: cuidado. Cuidar dos ladrões.

Drogados talvez. Levados pela necessidade urgente de uma dose. Possível, provável. E, por medo de exagerar com a fantasia, parava de escrever, ia até a porta de casa, abria-a, fechava-a sem bater. Depois eu pegava a maçaneta redonda e a puxava até mim com força e sim, a porta se abria, a fechadura não segurava, a mola estava frouxa, a linguinha entrava só um pouco, um milímetro. A porta parecia fechada, mas era só puxar e se abria. O apartamento, a minha vida e a vida dos meus filhos, tudo estava aberto, exposto, durante a noite e o dia, para qualquer um.

Cheguei cedo à conclusão de que precisava trocar a fechadura. Se os ladrões tivessem entrado em casa uma vez poderiam voltar. E se Mario tivesse entrado furtivamente, o que o distinguiria de um ladrão? Aliás, era pior. Entrar escondido na sua própria casa. Revirar locais conhecidos, ler os meus desabafos nas cartas. O coração explodia em meu peito de tanta raiva. Não, não deveria nunca ter passado daquele limite, nunca, mesmo as crianças estariam de acordo comigo, não se fala de um pai como um pai que entra em casa escondido e não deixa rastro nenhum de si, nem um oi, nem um tchau, nem um como vocês estão.

Assim, na onda do ressentimento, agora na onda da preocupação, me convenci de que deveria instalar uma fechadura nova. Mas por mais que fossem seguras as fechaduras — explicaram-me todos os vendedores com quem falei —, por mais que as fechaduras fechassem perfeitamente as portas da frente de casa com os seus encaixes, suportes, aberturas, em todas as partes, todas, porém, poderiam ser abertas, forçadas. Aconselharam-me, portanto, para a minha tranquilidade, blindar a porta.

Fiquei indecisa por muito tempo, eu não podia gastar dinheiro levianamente. Com a deserção de Mario era fácil prever que também meu futuro econômico pioraria. Todavia, no final me decidi, comecei a andar pelas lojas especializadas comparando os preços e prestações, as vantagens e desvantagens. No fim, depois de semanas de visitas obsessivas e negociações, decidi, e assim uma manhã chegaram em casa dois operários, um com uns trinta anos e outro com uns cinquenta, os dois fediam a tabaco.

    As crianças estavam na escola, Otto dormia num canto completamente indiferente aos dois estranhos, eu comecei imediatamente a me sentir desconfortável. Isso me chateou, qualquer mudança de um comportamento normal meu me causava chateação. No passado sempre fora gentil com qualquer um que batesse à porta de casa: funcionários do gás, da luz, o administrador do condomínio, um hidráulico, o estofador, até com os vendedores de porta em porta e com os agentes imobiliários que procuravam apartamentos à venda. Eu me sentia uma mulher confiante, às vezes até batia um papo com os estranhos, eu gostava de me mostrar tranquilamente curiosa pelas suas existências. Eu era tão segura que os deixava entrar em casa, fechava a porta, às vezes até perguntava se queriam algo para beber.

    Por outro lado, a minha educação tinha que ser, geralmente, tão cortês quanto distante para que não passasse pela cabeça de nenhum visitante dizer alguma frase desrespeitosa ou tentar um duplo sentido para ver como seria minha reação e assim avaliasse a minha disponibilidade sexual. Aqueles dois, ao contrário, começaram imediatamente a trocar frases alusivas, dar risadinhas, cantarolar musiquinhas vulgares enquanto trabalhavam sem nenhuma vontade. Então fiquei na dúvida se no meu corpo, nos gestos, nos olhares, havia algo que eu não controlasse mais. Fiquei agitada. O que se lia em mim? Que eu não chupava nenhum pau, que ninguém chupava minha boceta? Que eu não trepava? Por isso aqueles dois não faziam outra coisa que não fosse falar dando risadinhas sobre chaves, buracos, fechaduras? Eu deveria ter me blindado, ter-me tornado inescrutável. Ficava cada vez mais nervosa. Enquanto eles martelavam energicamente e fumavam sem me pedir autorização para isso, propagando pela casa um cheiro desagradável de suor, eu não sabia o que fazer.

Fui para a cozinha com Otto, fechei a porta, sentei à mesa, tentei ler o jornal. Mas eu me distraía, eles faziam muito barulho. Então deixei de lado o jornal, comecei a cozinhar. Em seguida, porém, me perguntei por que estava me comportando daquela forma, por que estava me escondendo na minha própria casa, qual era o sentido, chega. Depois voltei para a entrada de casa e vi os dois trabalhando, arrumando o reforço dos velhos batentes.

Levei umas cervejas, fui acolhida com um incontido entusiasmo. Sobretudo pelo mais velho, que retomou seu linguajar vulgarmente alusivo, talvez querendo apenas ser engraçado, talvez fosse aquela a única forma de interação que ele conhecesse. Sem que eu tivesse decidido — era a garganta que soprava vento nas cordas vocais —, respondi-lhe rindo de forma ainda mais alusiva, e como vi que surpreendi os dois, não esperei que respondessem, e então eu mesma aumentei a dose, tão desbocada que os dois se olharam um ao outro, fizeram um sorrisinho, deixaram a cerveja pela metade e continuaram trabalhando com mais entusiasmo ainda.

Depois de algum tempo, ouvia-se somente um martelar obstinado. De repente, voltou o mal-estar, e desta vez senti que era insustentável. Senti tanta vergonha de estar ali, como se estivesse à espera de outras vulgaridades que não chegavam. Passou um longo intervalo de vergonha, no máximo me pediram para passar a eles algum objeto, um instrumento de trabalho, mas sem nenhuma risadinha, com uma cordialidade exagerada. Passado algum tempo, recolhi as garrafas e os copos, voltei para a cozinha. O que estava acontecendo? Eu estava seguindo cegamente a praxe da autodegradação, eu tinha me rendido, eu não estava mais tentando encontrar uma nova medida?

Depois de um tempo os dois me chamaram. Tinham terminado. Mostraram-me como funcionava, me entregaram as chaves. O mais velho disse que se eu tivesse alguma dificuldade, poderia simplesmente telefonar e me deu, com seus dedos enormes e sujos, seu cartão. Pareceu-me que agora me olhava de novo de forma insistente, mas eu não reagi. Só voltei a prestar atenção de verdade quando ele enfiou as chaves nos dois buracos brilhantes como dois sóis sobre os painéis escuros da porta, e insistiu muito sobre a posição.

"Esta deve ser inserida verticalmente", disse, "esta, horizontalmente."

Olhei para ele perplexa, ele acrescentou:

"Cuidado, pois pode estragar o dispositivo."

Filosofou com uma renovada e pretensiosa diversão:

"As fechaduras devem se acostumar. Precisam reconhecer a mão do dono."

Tentou antes uma chave, depois a outra, me parecia que até ele mesmo tinha forçado um pouco a mão. Pediu para que eu tentasse. Fechei e depois abri as duas fechaduras com um gesto decidido, sem dificuldade. O mais jovem disse, exibindo langor:

"A senhora tem mesmo uma bela mão decidida."

Paguei e foram embora. Fechei a porta atrás de mim e me apoiei contra ela sentindo as longas, vivas vibrações dos batentes até que morreram e tudo voltou a ser calmo.

14.

No começo não houve nenhum percalço com as chaves. Escorregavam na fechadura, viravam decididamente, comecei a ter o hábito, voltando da rua, de me trancar sempre em casa, de dia, de noite, não queria mais surpresas. Mas logo a porta se tornou a última das minhas preocupações, eu tinha que cuidar de tantas coisas, colocava anotações por todos os cantos: lembre-se de fazer isso, lembre-se de fazer aquilo. Me distraía, então, e comecei a me confundir: a chave da fechadura de cima eu usava na de baixo e vice-versa. Eu forçava a chave, insistia, ficava brava. Chegava cheia de sacolas do supermercado, pegava as chaves e errava, errava, errava. Então eu me obrigava a me concentrar. Parava, respirava fundo.

Recupere a atenção, eu dizia a mim mesma. E com gestos lentos escolhia com cuidado a chave, escolhia com cuidado a fechadura, eu me segurava mentalmente enquanto uma ou a outra chave não fazia o barulho certo dentro do dispositivo e me anunciavam que eu tinha conseguido, sim, era o movimento certo.

Mas eu sentia que as coisas iam mal, isso me assustava cada vez mais. O fato de eu estar sempre alerta para evitar erros ou enfrentar os perigos tinha me cansado tanto que às vezes bastava pensar na urgência de uma coisa para achar que eu a tivesse realmente feito. O gás, por exemplo, uma antiga ansiedade. Eu me convencia de que tinha desligado o fogo embaixo da panela — lembre-se, lembre-se, você precisa desligar o gás! — e não, eu tinha cozinhado, colocado à mesa, colocado as louças na lava-louça e a chama azul tinha ficado acesa, discretamente, tinha brilhado a noite toda como uma coroa de fogo ao redor do metal do fogão, um sinal de decadência, eu encontrava isto de manhã, quando ia até a cozinha preparar o café da manhã.

Ah, a cabeça: eu não podia confiar mais. Mario alastrava, apagava qualquer coisa que não fosse a sua figura de jovem, de homem, assim como havia crescido ao meu lado todos esses anos, nos meus braços, no torpor dos meus beijos. Eu pensava somente nele, em como tinha acontecido isso de ele parar de me amar, da necessidade que eu sentia de ter o amor de volta, ele não podia me deixar assim. Eu fazia uma lista para mim mesma de tudo o que ele devia a mim. E eu o tinha ajudado a estudar para os exames da faculdade, eu o tinha acompanhado quando ele não tinha coragem de ir fazer as provas, eu o havia encorajado por entre as ruelas ruidosas de Fuorigrotta, o coração dele dilacerando o peito, eu ouvia o batimento, a multidão de estudantes da cidade e da província, a palidez que pintava seu rosto quando eu o empurrava pelos corredores daquela universidade. Eu tinha ficado acordada noites e noites para ajudá-lo a estudar as matérias mais difíceis para os seus estudos. Eu tinha tirado um tempo que era meu para somá-lo ao seu e fazê-lo então mais potente. Eu tinha posto de lado as minhas aspirações para acompanhar as suas. Para cada crise de desconforto dele, eu tinha estancado as minhas crises para poder confortá-lo. Eu tinha me perdido nos seus minutos, nas suas horas, para que ele se concentrasse. Eu tinha cuidado da casa, da comida, dos filhos, eu tinha me ocupado de todas as chatices da sobrevivência do cotidiano, enquanto ele escalava teimosamente o declive da nossa origem sem privilégios. E agora, agora ele me largava carregando consigo todo aquele tempo, toda aquela energia, todos aqueles sacrifícios que eu fizera por ele, de uma hora para outra, para gozar os frutos com outra, uma estranha que não tinha mexido um dedo para pari-lo, nutri-lo e fazer com que ele se tornasse o que era. Parecia-me uma ação tão injusta, um comportamento tão ofensivo, que eu não podia acreditar, e às vezes eu pensava nele como se ignorasse, como se não tivesse mais memória das nossas coisas, à mercê desse risco me parecia amá-lo como nunca o havia amado antes, com tremor mais do que com paixão, e pensava que ele tivesse uma necessidade imediata de mim.

Mas eu não sabia onde encontrá-lo. Lea Farraco, num certo momento, negou ter-me indicado o Largo Brescia como local provável da sua nova moradia, disse-me que eu tinha entendido mal, que não era possível. Mario nunca teria ido morar naquele lugar. A coisa me incomodou, me senti caçoada. Briguei outra vez com ela, peguei por aí conversas que se referiam ao meu marido: ele estava de novo no exterior, talvez viajando com a sua puta. Eu não conseguia acreditar, parecia-me impossível que ele pudesse esquecer-se com tanta facilidade de mim e dos seus filhos, desaparecer por meses, lixando-se para as férias de Gianni e de Ilaria, botando seu próprio bem-estar antes deles. Que homem ele era? Com quem eu vivi por quinze anos?

Já era verão, as escolas estavam fechadas, eu não sabia o que fazer com as crianças. Carregava-as comigo pela cidade, no calor infernal, eles eram petulantes, birrentos, propensos a me culpar por tudo o que acontecia, o calor, o fato de terem ficado na cidade, nada de praia, nada de montanha. Ilaria repetia como um mantra, com um tom artificial de sofrimento:

"Não sei o que fazer."

"Chega!" eu gritava o tempo todo, em casa, na rua, "eu disse chega!", e fazia o gesto de dar-lhes um tapa, eu levantava o braço, tinha vontade de bater de verdade, mas com dificuldade parava.

Mas eles não se aquietavam. Ilaria queria experimentar todos os cento e dez sabores prometidos por um sorveteiro embaixo dos pórticos da rua Cernaia, e eu a puxava de lado e ela batia os pés e me puxava para a entrada do bar. Gianni me largava de repente e atravessava a rua sozinho, correndo entre as buzinas, perseguido pelos gritos de apreensão, queria ver pela milésima vez o monumento de Pietro Micca, cuja história Mario lhe havia contado em cada detalhe. Eu não conseguia ficar com eles na cidade, que ia se esvaziando e indo toda em direção aos montes, ao rio, das calçadas, dos ventos quentes, nebulosos, do mormaço insuportável.

Uma vez brigamos bem ali, naquela pracinha em frente ao Museu da Artilharia, embaixo da estátua esverdeada de Pietro Micca, o sabre grandão, o fusível. Eu sabia pouco daquelas histórias dos heróis mortos assassinados, fogo e sangue.

"Você não sabe contar", me disse o menino, "você não se lembra de nada."

Eu respondi:

"Então pergunte para o seu pai."

E comecei a gritar que se eles achavam que eu não valia nada, então que fossem com o pai, tinham uma nova mãe linda e pronta, com certeza uma mulher de Turim, tinha certeza que ela sabia tudo sobre o Pietro Micca e sobre aquela cidade de reis e princesas, gente arrogante, pessoas frias, autômatos de metal. Gritei e gritei sem nenhum controle. Gianni e Ilaria amavam muito a cidade, o menino conhecia as ruas e as histórias, o pai sempre o deixava brincar embaixo do monumento no final da rua Meucci, tinha uma estátua de bronze de que ele e o filho gostavam, que besteira a memória de reis e generais pelas ruas, Gianni tinha a fantasia de ser como o Ferdinando de Savoia na batalha de Novara, quando pulou do cavalo moribundo, sabre em punho, pronto para mais um combate. Ah, sim, eu desejava feri-los, os filhos, eu desejava ferir sobretudo o menino que já tinha até o sotaque de Turim, até Mario caía nessa, apagando a arte da cadência napolitana. Eu detestava que Gianni se sentisse um tourinho insolente, crescia bobo e presunçoso e agressivo, com o desejo de derramar seu sangue e o dos outros em algum conflito incivilizado, eu não aguentava mais.

Deixei-os na pracinha, ao lado da fonte, e fui indo a passos largos até a rua Galileo Ferraris, em direção à figura suspensa de Vittorio Emanuele II, uma sombra no fundo das linhas paralelas dos edifícios, alta contra o pedaço de céu quente e nebuloso. Talvez quisesse abandoná-los de verdade para sempre, esquecer-me deles, para depois bater a cabeça, quando finalmente tivesse reaparecido Mario, e exclamar: os seus filhos? Eu não sei. Eu perdi, acho: vi-os pela última vez há um mês, na pracinha da Cittadella.

Depois fui desacelerando o passo, voltei atrás. O que estava acontecendo comigo? Eu perdia o contato com aquelas criaturas que não tinham culpa, elas se afastavam como se estivessem equilibradas sobre um toco de madeira em fuga sobre o fluxo da correnteza. Pegá-las de novo, abraçá-las, ficar juntinho delas: eram minhas. Chamei:

"Gianni! Ilaria!"

Não os vi, não estavam mais ao lado da fonte.

Olhei ao redor enquanto a angústia ia secando a minha garganta. Corri pela pracinha como se pudesse recompor os canteiros e as árvores com deslocamentos rápidos e incoerentes, eu temia que eles se partissem em mil pedaços. Parei diante da grande boca de fogo da artilharia turca do século xv, um cilindro poderoso de bronze em cima do canteiro. Gritei de novo o nome dos meninos. Responderam-me de dentro do canhão. Eles se deitaram lá dentro, em cima de um papelão que tinha servido como cama de algum imigrante. Subiu-me de novo o sangue, peguei-os pelos pés, arranquei-os de lá.

"Foi ele", disse Ilaria denunciando o irmão, "ele disse vamos nos esconder aqui."

Peguei o Gianni por um braço, sacudi-o com força, ameaçando, tomada pela raiva:

"Você sabe que lá dentro poderia pegar alguma doença? Sabe que você pode adoecer e morrer? Olha para mim, idiota: faça isso mais uma vez e eu te mato!"

O menino me olhou, incrédulo. Com a mesma incredulidade olhei para mim mesma. Vi uma mulher ao lado de um canteiro a poucos passos de um instrumento de destruição que agora de noite hospedava seres humanos de mundos longínquos e sem esperança. No momento, não a reconheci. Me assustei somente porque tocou meu coração, que agora batia no peito.

15.

Até com as contas eu tive problemas naquele período. Escreviam-me que até tal data cortariam a água ou a luz ou o gás por atrasar o pagamento. Então eu teimava em dizer que havia pagado, procurava por horas os recibos, perdia tanto tempo protestando, brigando, escrevendo, para depois, humilhada, render-me diante da evidência de que eu realmente não havia pagado.

Foi assim com o telefone. Não só continuavam os problemas que Mario sinalizou, mas de repente eu não consegui mais telefonar: uma voz me dizia que não estava habilitada para fazer aquele tipo de ligação, ou algo assim.

Já que havia destruído o celular, fui até um orelhão e liguei para a empresa de telefonia para resolver o problema. Asseguraram-me que interviriam o mais rápido possível. Mas passaram-se dias, e o telefone continuou mudo. Telefonei outra vez, fiquei furiosa, minha voz tremia de tanta raiva. Contei meu caso com um tom tão agressivo, que o funcionário se calou por um bom tempo, depois interrogou seu computador e comunicou-me que haviam cortado o telefone por atraso no pagamento.

Fiquei brava, jurei pelos meus filhos que havia pagado, xinguei todos, dos funcionários mais miseráveis aos gerentes, falei da indolência oriental (disse isso), destaquei o desserviço crônico, as pequenas e as grandes corrupções da Itália, gritei: tenho nojo de vocês. Quando desliguei e verifiquei os comprovantes dos pagamentos, acabei descobrindo que era mesmo verdade, eu tinha me esquecido de pagar.

Paguei, de fato, no dia seguinte, mas a situação não melhorou. Com a linha voltou também o ruído permanente na comunicação, como um sopro de tempestade no microfone, o sinal quase nem era perceptível. Corri de novo para o café embaixo, para telefonar, me disseram que talvez tivesse de trocar o aparelho. Talvez. Chequei as horas, faltava ainda um pouco até o fim do horário comercial. Saí na maior fúria, não consegui me controlar.

Dirigi pela cidade vazia no mês de agosto, o calor estava sufocante. Estacionei batendo várias vezes nos para-choques de outros automóveis estacionados, tentei encontrar a pé a rua Meucci, lancei um olhar maldoso contra a grande fachada de placas de mármore raiado, na qual estava a empresa telefônica, e subi pulando de dois em dois os degraus. No guichê encontrei um homem gentil, pouco propenso a brigas. Disse-lhe que queria ir a um escritório de reclamações imediatamente, que tinha de protestar por um desserviço que acontecia há meses.

"Não temos escritórios abertos ao público há pelo menos dez anos", respondeu.

"E se eu quiser reclamar?"

"Deve fazê-lo por telefone."

"E se quiser cuspir na cara de alguém?"

Aconselhou-me pacatamente a tentar no prédio da rua Confienza, cem metros à frente. Corri apressada, como se chegar até a rua Confienza fosse uma questão de vida ou morte, a última vez que corri tanto assim tinha a idade do Gianni. Mas lá também não pude desabafar. Encontrei uma porta de vidro, bem fechada. Bati forte, embora estivesse escrito: porta com alarme. Com alarme, sim, que ridícula forma de se expressar, que explodisse o alarme, que se alarmasse toda a cidade, o mundo. Por uma janelinha na parede à minha esquerda apareceu um tipo pouco disposto a conversar e me liquidou com poucas palavras, desapareceu de novo: não havia escritórios, ainda menos abertos ao público; tudo estava reduzido à voz ascética, tela de computador, e-mail, operações bancárias; se alguém — me disse friamente — tem sua raiva para desafogar, sinto muito, aqui não há ninguém em quem descontá-la.

O desapontamento me deu dor de estômago, voltei para a rua, senti como se estivesse sem ar, quase sucumbindo ao chão. Os olhos prenderam-se nas letras de uma placa do edifício em frente, como se ela tivesse presas. Palavras para não cair. Por esta casa entrou na vida como sombra de sonho um poeta que da tristeza do nada — porque o nada é triste, o que há de triste no nada — com o nome Guido Gozzano chegou a Deus. Palavras com pretensão de arte para a arte de enfileirar palavras. Afastei-me cabisbaixa, temi falar sozinha, um cara me olhou fixamente, apertei o passo. Não me lembrava mais de onde havia deixado o carro, não me importava lembrar.

Vaguei ao acaso, contornei o Teatro Alfieri, terminei na rua Pietro Micca. Olhei em torno, desorientada; ali, com certeza, não estava o carro. Mas diante de uma vitrine, diante de uma joalheria, vi Mario com a sua nova mulher.

Não sei se a reconheci imediatamente. Senti só algo como um soco no meio do peito. Talvez tenha percebido antes que era muito jovem, tão jovem que Mario, a seu lado, parecia um homem velho. Ou talvez tenha notado nela, antes de tudo, o vestido azul de material leve, um vestido fora de moda, daqueles que se compram nas lojas de roupas usadas de luxo, distante da sua juventude, mas macio sobre seu corpo rico de ondas leves, a onda longa do pescoço, os seios, o quadril, o tornozelo. Ou talvez tenha me chamado a atenção o cabelo loiro preso sobre a nuca, volumoso e preso com um pente, uma mancha hipnótica.

Eu não sei mesmo.

Certamente, tive de passar rapidamente a borracha por cima da sua fisionomia macia dos vinte anos, antes de recuperar o rosto ainda não maduro, cortante e ainda infantil de Carla, a adolescente que estivera no centro da nossa crise conjugal, anos atrás. Certamente, só quando a reconheci fui surpreendida pelos brincos, os brincos da avó de Mario, os meus brincos.

Pendurados em suas orelhas, mostravam de forma elegante o pescoço, ajudavam o sorriso tornando-o ainda mais reluzente, enquanto meu marido, em frente à vitrine, enlaçava sua cintura com a alegria dona do gesto e ela apoiava sobre seus ombros um braço nu.

O tempo dilatou-se. Atravessei a rua com passos longos e determinados, não sentia vontade alguma de chorar ou gritar ou pedir explicações, só um desejo obscuro de destruição.

Eu agora sabia que ele me havia enganado por cinco anos.

Por quase cinco anos ele gozou em segredo daquele corpo, cultivou sua paixão, transformou-a em amor, dormiu pacientemente comigo abandonando-se à memória dela, esperou que ela se tornasse maior de idade, mais do que maior de idade, no fundo, para me dizer que ficava definitivamente com ela, que me largava.

Cheguei pelas suas costas. Dei-lhe um golpe feito um aríete com todo o meu peso, joguei-o sobre a vitrine, bateu com a cara. Talvez Carla tenha gritado, mas eu vi somente sua boca aberta, um buraco negro fechado dentro da moldura branca e regularíssima dos dentes. Enquanto isso, agarrei Mario que estava se virando com olhos atônitos, o nariz sangrando, olhava-me cheio de terror e assombro. Manter as vírgulas, manter os pontos. Não é fácil passar da tranquila felicidade do passeio sentimental à desordem, à desconexão do mundo. Pobre homem, pobre homem. Segurei-o pela camisa, sacudindo-o com tal violência que a rasguei sobre o ombro esquerdo, ficou entre minhas mãos. Ele ficou de torso nu, estava sem camiseta por baixo, não temia mais os resfriados, a pneumonia, comigo consumia-se em sua hipocondria. Sua saúde evidentemente tinha renascido, assim como estava bem bronzeado, mais magro, só um pouco ridículo agora, pois um braço estava coberto pela manga, inteira, bem passada, e também um pouco de ombro tinha ficado, e o colarinho também, mas torto; enquanto o resto do tórax estava nu, na calça se penduravam pedaços de tecido, o sangue gotejava entre os pelos grisalhos do peito.

Dei-lhe um e outro golpe ainda, ele caiu na calçada. Chutei-o, uma, duas, três vezes, mas — não sei por quê — ele não se esquivou, tinha movimentos sem coordenação, em vez de proteger as costelas, protegeu o rosto com os braços, talvez fosse vergonha, difícil dizer.

Quando me pareceu o suficiente, virei para Carla, que ainda estava com a boca bem aberta. Ela se retraía, eu avançava.

Tentava pegá-la, mas ela fugia. Eu não queria bater, era uma estranha, com ela eu me sentia quase calma. Estava brava era com Mario, que tinha dado a ela aqueles brincos, por isso eu golpeava o ar com violência, tentando pegá-los. Queria arrancá-los dos seus lóbulos, rasgar a carne, negar-lhe a função de herdeira das antepassadas do meu marido. O que ela tinha a ver, putinha idiota, o que tinha ela a ver com aquela linha de descendência? Fazia-se de bonita e gostosa com as minhas coisas, que logo teriam se tornado as coisas de minha filha. Abria as coxas, molhava um pouco o pau dele e imaginava que assim tinha-o batizado, eu te batizo com a água santa da minha boceta, enfio o teu pau na carne encharcada e o renomeio, digo que é meu e nascido para nova vida. Filha da puta. Por isso achava que tinha direito a tudo e em tudo pegar o meu lugar, fazer o meu papel, puta de merda. Me dá esses brincos, me dá os brincos. Queria arrancá-los junto com as orelhas, queria puxar para mim seu belo rosto com os olhos o nariz os lábios e o couro cabeludo e a melena loira, queria arrancar para mim como se um anzol tivesse enganchado sua roupa de carne, os sacos dos seios, o ventre que envolvia as entranhas e manchava tudo pelo buraco do cu, do fundo da boceta coroada de ouro. E deixar-lhe no corpo só aquilo que realmente era, um crânio feio manchado de sangue vivo, um esqueleto recém-esfolado. Porque o rosto e a pele sobre a carne, o que são enfim, uma cobertura, um disfarce, um blush para o horror insuportável da nossa natureza viva. E ele caiu, deixou-se enganar.

Por aquele rosto, por aquele vestido macio ele entrou na minha casa. Roubou meus brincos por amor àquela máscara de carnaval. Queria arrancar-lhe por inteira, desgarrá-la com os brincos. Enquanto isso eu gritava para o Mario:

"Olha, vou te mostrar como ela realmente é!"

Mas ele me parou. Nenhum passante interveio, só algum curioso se deteve — acho — para espiar, divertindo-se. Lembro-

-me porque para eles, para os curiosos, pronunciei pedaços de frases em tom didático, desejava que entendessem o que eu estava fazendo, quais eram as motivações da minha fúria. E pareceu-me que prestavam atenção, queriam ver se eu teria realmente feito as coisas que ameaçava fazer. Uma mulher pode facilmente matar alguém na rua, no meio da multidão, pode fazê-lo com mais facilidade do que um homem. Sua violência parece um jogo, uma paródia, um uso inadequado e um pouco ridículo da determinação masculina de fazer o mal. Foi só porque Mario me puxou pelos ombros que não arranquei os brincos das orelhas de Carla.

Agarrou-me e empurrou-me como se eu fosse uma coisa. Nunca tinha me tratado com tanto ódio. Ameaçou-me, estava todo sujo de sangue, passado. Mas sua imagem parecia-me, agora, aquela de alguém que fala em uma televisão colocada dentro de uma vitrine. Mais do que perigosa, parecia-me deplorável. De lá, sabe-se lá de qual distância, da distância talvez que separa o falso do verdadeiro, apontou-me um indicador maligno colocado na extremidade daquela única manga de camisa que havia sobrado. Não ouvi o que disse, mas tive vontade de rir pelo tom artificialmente imperioso. O riso tirou-me toda vontade de agredi-lo, esvaziou-me. Deixei que levasse embora sua mulher, os brincos que balançavam na sua orelha. Eu poderia ter feito tanto, eu havia perdido tudo, tudo de mim, tudo, irremediavelmente.

16.

Quando as crianças voltaram da escola eu disse que não tinha vontade de cozinhar, que não havia preparado nada, elas que se virassem. Talvez pelo meu aspecto, ou pelo que meu tom apagado comunicava, foram para a cozinha sem protestar. Quando reapareceram, ficaram em silêncio, quase envergonhadas, num canto da sala. Em algum momento Ilaria veio apoiar suas mãos nas minhas têmporas e perguntou:

"Você está com dor de cabeça?"

Disse que não, disse que não queria ser aborrecida. Foram para o quarto fazer tarefa, ofendidos pelo meu comportamento, amargurados pela minha recusa do seu afeto. Depois me dei conta de que ficara escuro, lembrei-me deles, fui ver o que faziam. Dormiam vestidos na mesma cama, um ao lado do outro. Deixei-os assim e fechei a porta.

Reagir. Me pus a botar as coisas em ordem. Quando terminei, recomecei novamente, uma forma de ronda à caça de tudo aquilo que não parecesse estar em ordem. Lucidez, determinação, segurar-se à vida. No banheiro encontrei o caos de sempre entre os remédios. Sentei-me no chão e passei a separar os remédios vencidos dos que ainda estavam valendo. Quando todos os remédios inutilizáveis acabaram no lixo e o armário ficou em perfeita ordem, escolhi duas caixas de comprimidos para dormir e levei-as para a sala. Coloquei-as sobre a mesa, servi-me um copo bem cheio de conhaque. Com o copo numa mão e a palma da outra cheia de Rivotril fui até a janela, pela qual entrava só um sopro úmido de calor vindo do rio, das árvores.

Tudo era tão casual. Apaixonei-me por Mario quando jovem, mas poderia ter me apaixonado por qualquer um, um corpo qualquer ao qual atribuímos sabe-se lá quais significados. Um longo pedaço de vida juntos, e você já acredita que ele é o único homem com quem pode se sentir bem, atribui-lhe sabe-se lá quais virtudes decisivas, e em vez disso ele é só uma flauta que emite sons de falsidade, você não sabe realmente quem é, nem ele mesmo. Somos ocasiões. Consumimos e perdemos a vida porque um qualquer, em tempos longínquos, por vontade de descarregar o pau dentro de nós, foi gentil, nos escolheu entre as mulheres. Trocamos não sei por qual cortesia dedicada exclusivamente a nós o desejo banal de foder. Amamos sua vontade de trepar, sentimo-nos tão cegas a ponto de pensar que seja a vontade de trepar conosco, só conosco. Oh sim, ele que é tão especial e que nos reconheceu como especial. Damos um nome àquela vontade de pinto, a personalizamos, e a chamamos de meu amor. Para o inferno tudo, essa cegueira esse tesão infundado. Como no passado fodia comigo, agora fode com outra, o que posso querer? O tempo passa, uma vai, a outra vem. Estava por engolir algumas pílulas, queria dormir deitada sobre o fundo mais sombrio de mim mesma.

Naquele momento, porém, da massa das árvores da praça saiu a sombra violeta do Carrano com seu instrumento a tiracolo. Com o passo incerto e sem pressa o músico percorreu todo o espaço vazio de automóveis — o calor tinha definitivamente esvaziado a cidade — desaparecendo sob a marquise do edifício. Logo depois ouvi o barulho do elevador, seu zumbido. Lembrei de repente que ainda estava com a carteira de motorista daquele homem. Otto resmungou no sono.

Fui até a cozinha, joguei as pílulas e o conhaque na pia, comecei a procurar o documento de Carrano. Encontrei-o na mesinha do telefone, quase escondido pelo aparelho. Virei-o em minhas mãos, olhei a foto do músico. Ainda tinha todos os cabelos pretos, as rugas fundas que marcavam o rosto e o nariz e os ângulos da boca ainda não haviam aparecido. Olhei a data do nascimento, tentei lembrar que dia era, me dei conta que estava começando seu quinquagésimo terceiro aniversário.

Eu estava dividida. Sentia-me propensa a descer as rampas das escadas, bater à sua porta, usar a carteira de motorista para entrar em sua casa àquela hora, tarde da noite; mas também me sentia assustada, assustada pelo desconhecido, pela noite, pelo silêncio de todo o edifício, pelos perfumes orvalhados e sufocantes que provinham do parque, pelo barulho dos pássaros noturnos.

Quis telefonar, não queria mudar de ideia, queria, ao contrário, sentir-me encorajada a realizá-la. Procurei o número na lista telefônica, encontrei. Forjei na minha mente uma conversa cordial: encontrei hoje de manhã, na avenida Dei Marinai, sua carteira de motorista; desço para levá-la, se não for muito tarde; e depois, preciso confessar que meu olho apontou para a data do seu nascimento; gostaria de parabenizá-lo, senhor Carrano, realmente feliz aniversário, acabou de chegar a meia-noite, aposto que sou a primeira a festejar.

Ridícula. Eu nunca soube usar um tom cativante com os homens. Gentil, cordial, mas nunca com o calor, com as caretas da disponibilidade sexual. Foi minha cruz durante toda a adolescência. Mas agora já tenho quase quarenta anos, disse a mim mesma, terei aprendido alguma coisa. Peguei o telefone, o coração batia forte, desliguei com raiva. Havia aquele sopro de tempestade, nada de linha telefônica. Peguei-o outra vez, tentei discar o número. O sopro não desapareceu.

Senti que as pálpebras se fechavam, não tinha esperança, o simples calor da noite podia abater meu coração. Depois vi meu marido. Agora já não segurava nos braços uma mulher desconhecida. Eu conhecia seu belo rosto, os brincos nas orelhas, o nome Carla, o corpo de despudor juvenil. Os dois estavam nus naquele momento, fodiam sem pressa, tinham a intenção de trepar a noite toda como certamente o haviam feito nos últimos anos, sem que eu o soubesse, qualquer espasmo meu de sofrimento correspondia a um espasmo seu de prazer.

Decidi, chega de dor. Aos lábios da sua felicidade noturna eu deveria colar os da minha retaliação. Eu não era o tipo de mulher que se despedaçava com os golpes do abandono e da ausência, até enlouquecer, até morrer disso. Só havia perdido algumas lascas, de resto estava bem. Eu era íntegra, e íntegra continuaria a ser. A quem me faz mal, devolvo na mesma moeda. Sou o oito de espadas, sou a vespa que pica, sou a cobra escura. Sou o animal invulnerável que atravessa o fogo sem se queimar.

17.

Escolhi uma garrafa de vinho, coloquei as chaves de casa no bolso e, sem sequer me pentear um pouco, desci para o andar de baixo.

Toquei decididamente a campainha, duas vezes, duas longas descargas elétricas, à porta de Carrano. Voltou o silêncio, a ansiedade pulsava na garganta. Depois ouvi passos indolentes, tudo se silenciou outra vez, Carrano espiava-me pelo olho mágico. A chave virou na fechadura, era um homem que temia a noite, trancava-se como uma mulher sozinha. Pensei em voltar correndo para casa, antes que a porta se abrisse.

Apareceu diante de mim com seu roupão, os tornozelos magros e nus, nos pés pantufas com o nome de um hotel, deve tê-las roubado junto com o sabonete durante alguma viagem com a orquestra.

"Parabéns", disse rapidamente, sem sorrir, "parabéns pelo aniversário."

Estendi-lhe a mão com a garrafa de vinho, com a outra a carteira de motorista.

"Encontrei-a hoje de manhã no final da avenida."

Olhou-me desorientado.

"Não a garrafa", esclareci, "a carteira de motorista."

Só então pareceu entender e olhou-me perplexo:

"Obrigado, nem esperava mais. A senhora gostaria de entrar?"

"Talvez seja tarde", murmurei, mais uma vez tomada pelo pânico.

E ele respondeu com um sorrisinho envergonhado:

"Está tarde, sim, mas... entre, é um prazer... e obrigado... a casa está um pouco bagunçada... entre."

Eu gostei daquele tom. Era um tom tímido que tenta mostrar-se como homem experiente, mas sem ter muita certeza. Entrei, fechei a porta atrás de mim.

Daquele momento em diante, milagrosamente, comecei a me sentir à vontade. Na sala vi uma grande caixa de instrumento apoiada num canto e me pareceu quase uma figura conhecida, como uma arrumadeira de cinquenta anos atrás, aquele tipo de mulherão das cidades pequenas que criavam os filhos das pessoas endinheiradas. A casa, claro, estava bagunçada (um jornal no chão, velhas bitucas de algum visitante no cinzeiro, um copo sujo de leite na mesa), mas era uma bagunça agradável de um homem sozinho, e depois o ar tinha um cheiro de sabão, sentia-se o vapor limpo da ducha.

"Peço desculpas pelo meu traje, é que eu tinha acabado de..."
"Imagina."
"Vou pegar os copos, tenho umas azeitonas, uns salgadinhos..."
"Na verdade eu só quero beber e brindar à sua saúde."

E à minha. E ao desprazer, ao desprazer do amor e do sexo que eu desejava logo a Mario e Carla. Assim eu tinha que me acostumar a dizer, nomes permanentemente combinados de um novo casal. Antes dizia-se Mario e Olga, agora se diz Mario e Carla. Alguma péssima doença no pau tinha que lhe acometer, uma ferida de lepra, uma podridão por todo o corpo, o odor fétido da traição.

Carrano voltou com os copos. Sacou a rolha, esperou um pouco, serviu o vinho, e no meio-tempo disse coisas gentis com a voz pacata: meus filhos eram bonitos, tinha me observado muitas vezes pela janela quando eu estava com eles, eu cuidava bem deles. Não falou nada do cachorro, não falou do meu marido, senti que não conseguia suportar nem um nem outro, mas naquela circunstância, por educação, não lhe parecia gentil dizê-lo.

Depois do primeiro copo eu falei sobre eles. Otto era um bom cão, mas francamente eu nunca o teria levado para casa, um pastor alemão num apartamento sofre. Foi meu marido que insistiu, assumiu a responsabilidade de cuidar do animal, como de resto tantas outras responsabilidades. Mas no fim revelou-se um homem vil, incapaz de honrar os compromissos assumidos. Não sabemos nada das pessoas, nem mesmo daquelas com quem partilhamos tudo.

"Eu sei do meu marido tanto quanto sei do senhor, não há diferença", exclamei. A alma é só vento inconstante, senhor Carrano, vibração das cordas vocais, tanto para fingir ser alguém, alguma coisa. Mario foi embora — disse — com uma garotinha de vinte anos. Havia me traído com ela por quase cinco anos, em segredo, um homem duplo, duas caras, dois fluxos separados de palavras. E agora havia desaparecido, deixando a mim todos os problemas: os seus filhos para cuidar, a casa para arrumar, e até o cachorro, o estúpido Otto. Eu estava assoberbada. Pelas responsabilidades, como disse, não por outra coisa. Dele não importava nada. As responsabilidades que antes nós compartilhávamos agora eram todas minhas, até a responsabilidade de não saber manter vivo o nosso relacionamento — vivo, manter vivo: uma obviedade; pois eu que tinha que me empenhar para mantê-lo vivo; eu estava cansada das banalidades —, até a responsabilidade de entender onde erramos. Porque aquele trabalho desolador de análise, eu me forçava a fazê-lo também por Mario, ele não queria escavar até o fundo, não queria corrigir-se e renovar-se. Estava cego por aquela loirinha, mas eu tinha me dado a tarefa de analisar ponto por ponto os nossos quinze anos de convivência, eu o fazia, trabalhava nisso todas as noites. Queria estar pronta para refundar tudo, assim que ele começasse a raciocinar outra vez. Se isso chegasse a acontecer.

Carrano sentou-se ao meu lado no sofá, cobriu o máximo possível seu tornozelo com o roupão, saboreou o vinho ouvindo atentamente o que eu dizia. Não interveio em nenhum momento, mas conseguiu comunicar-me com tal certeza da sua escuta, que senti que nenhuma palavra era vã, nenhuma emoção, e não tive vergonha quando tive vontade de chorar. Explodi em lágrimas sem problema nenhum, certa de que ele me entendia, e tive um movimento interno, uma descarga tão intensa de dor, que as lágrimas pareceram-me fragmentos de um objeto de cristal guardado há tempos em algum lugar secreto que agora, devido ao movimento, explodiu em mil pedaços excruciantes. Sentia meus olhos feridos, até o nariz, mas mesmo assim não podia parar. E me comovi ainda mais quando percebi que até Carrano não conseguia se segurar, tremia-lhe o lábio inferior, tinha os olhos mareados, murmurou:

"Senhora, não faça assim…"

Abrandou-me sua sensibilidade, entre lágrimas apoiei o copo no chão, e como para consolá-lo, eu que precisava ser consolada, me encostei nele.

Ele não disse nada, mas prontamente me ofereceu um lenço. Sussurrei alguma desculpa, estava aniquilada. Replicou que eu precisava me acalmar, não podia suportar ver minha dor. Enxuguei os olhos, o nariz, a boca, aconcheguei-me nele, finalmente um pouco de trégua. Apoiei devagar minha cabeça sobre seu peito, abandonei um braço sobre suas pernas. Nunca pensei poder fazer isso com um desconhecido, comecei a chorar novamente. Carrano colocou com cautela, timidamente, um braço em volta dos meus ombros. Na casa havia um silêncio morno, acalmei-me novamente. Fechei os olhos, estava cansada e queria dormir.

"Posso ficar um pouco assim?", perguntei, e veio-me uma voz imperceptível, quase um sopro.

"Sim", ele respondeu, um pouco rouco.

Talvez eu tenha me apaziguado. Por um segundo tive a impressão de estar no quarto de Carla e Mario. Perturbou-me sobretudo um forte cheiro de sexo. Àquela hora estavam certamente ainda acordados, ensopando o lençol de suor, afundando avidamente as línguas um na boca da outro. Assustei-me. Algo havia roçado minha nuca, talvez o lábio do Carrano. Levantei o rosto, perplexa, ele me beijou a boca.

Hoje sei o que senti, mas naquele momento não entendi. Naquele momento só tive uma impressão desagradável, como se ele tivesse me dado um sinal a partir do qual não havia outra saída senão desaparecer por graus de repugnância. Na verdade senti, sobretudo, uma onda de ódio por mim mesma, pois eu estava ali, porque não havia desculpas, pois eu havia decidido ir, não me parecia que poderia agora me esquivar.

"Temos que começar?", eu disse, com um ar falsamente alegre.

Carrano deu um sorriso incerto.

"Ninguém nos obriga."

"Você quer desistir?"

"Não…"

Encostou mais uma vez seus lábios nos meus, mas o cheiro da sua saliva me desagradou, não sei se era realmente desagradável, mas me pareceu diferente do de Mario. Tentou colocar sua língua na minha boca, abri-a levemente, rocei sua língua com a minha. Era um pouco grossa, viva, senti-a como um animal, uma língua enorme que às vezes havia visto com desgosto nos açougueiros, nada de sedução humana. Carla tinha os meus sabores, os meus odores? Ou os meus para Mario haviam sempre sido repulsivos como agora me pareciam aqueles de Carrano, e só nela, depois de anos, encontrou as essências adequadas a ele?

Afundei minha língua na boca daquele homem com uma exibida avidez, longamente, como se perseguisse sabe-se lá que coisa no fundo da sua garganta e quisesse arrancá-la antes que caísse no seu esôfago. Passei meus braços por trás de sua nuca, empurrei-o com meu corpo até um canto do sofá e beijei-o longamente, com meus olhos escancarados para tentar fixar os objetos dispostos num canto do cômodo, defini-los, agarrar-me a eles, pois com os olhos fechados eu temia ver a boca desavergonhada da Carla, aquela falta de vergonha que ela sempre teve, desde os seus quinze anos, e sei lá quanto isso tinha agradado a Mario, como ele tinha sonhado isso enquanto dormia a meu lado, até acordar e me beijar como se a beijasse e retrair-se e dormir, assim que reconhecia minha boca, a boca de sempre, a boca sem novos sabores, a boca dos anos passados.

Carrano sentiu naquele beijo meu o sinal de que qualquer escaramuça havia terminado. Com a mão segurou minha nuca, queria apertar em mim ainda mais a sua boca. Depois abandonou-me a boca e deu-me beijos úmidos na face, nos olhos. Pensei que estivesse seguindo um esquema de exploração preciso, beijou até minhas orelhas, tanto que o som dos beijos estalou incomodamente em meus tímpanos. Depois passou para o pescoço, molhou com a língua a linha dos cabelos sobre a nuca, enquanto tocava-me o peito com a mão larga.

"Tenho os seios pequenos", disse num sopro, mas logo me detestei, pois a frase soava como se pedisse desculpas, desculpa se não te ofereço tetas grandes, espero que você se divirta mesmo assim, que idiota eu era, se os peitinhos minúsculos agradavam a ele, que bom, se não agradavam pior para ele, era tudo grátis, uma sorte que esse idiota teve, o melhor presente de aniversário que poderia desejar na sua idade.

"Eu gosto", disse num sopro, enquanto desabotoava a minha camisa e com a mão abaixava a alça do sutiã e tentava morder-me os mamilos e chupá-los. Mas até os mamilos eram pequenos e os seios fugiam, voltavam para dentro do bojo. Eu disse espera, empurrei-o, levantei-me, tirei a camisa, desabotoei o sutiã. Perguntei estupidamente: você gosta, uma ânsia crescia em mim, queria que repetisse o seu consentimento.

Vendo-me, ele suspirou:

"Você é bonita."

Respirou longamente, como se quisesse controlar uma forte emoção ou uma saudade, e me empurrou levemente com a ponta dos dedos para que eu me abandonasse a torso nu sobre o sofá e ele pudesse, assim, contemplar-me melhor. Eu me deixei cair. Vi-o de baixo, notei as dobras do pescoço que começava a envelhecer, a barba que esperava ser feita e no entanto brilhava branca, as rugas profundas entre as sobrancelhas. Talvez dissesse seriamente, talvez eu realmente o tivesse encantado com a minha beleza, talvez não fossem só palavras para adornar os desejos do sexo. Talvez eu fosse bonita mesmo tendo meu marido descartado o sentimento da minha beleza, ele o jogara no lixo como o papel de embrulho de um presente. Sim, eu ainda conseguia deixar um homem desejoso, era uma mulher capaz disso, a fuga de Mario para outra cama, outra carne, não me estragou.

Carrano debruçou-se sobre mim, lambeu-me os mamilos, chupou-os. Tentei me abandonar, queria apagar do peito o desgosto e o desespero. Fechei os olhos com cuidado, o calor da sua respiração, os lábios sobre a pele, emiti um gemido de encorajamento para mim e para ele. Esperei sentir nascer um prazer qualquer, mesmo sendo aquele homem um desconhecido, talvez um músico de pouco talento, de nenhuma qualidade, com nenhuma capacidade de sedução, sem sal e por isso sozinho.

Senti então que ele me beijava as costelas, o ventre, se deteve no umbigo, o que encontrou ali eu não sei, passou por dentro a língua fazendo-me sentir cócegas. Depois se levantou. Abriu novamente os olhos, vi-o descabelado, os olhos mareados, parecia-me descobrir em seu rosto a expressão de um menino que se sente culpado.

"Diga de novo que você gosta de mim", insisti com a respiração truncada.

"Sim", disse, com uma leve diminuição no entusiasmo. Colocou as mãos sobre os meus joelhos, abriu-os, escorregou os dedos sob a saia, acariciou por dentro as coxas, levemente, como se mandasse uma sonda para o fundo escuro de um poço.

Parecia não ter pressa, eu, ao contrário, preferia que tudo ocorresse mais rapidamente. Agora pensava na possibilidade de que as crianças acordassem ou até na hipótese de que Mario, depois do nosso encontro tumultuoso, assustado, arrependido, tivesse decidido voltar para casa naquela mesma noite. Parecia-me até ouvir os latidos de festa de Otto, e eu quase disse o cachorro está latindo, mas me pareceu inadequado. Carrano tinha acabado de levantar minha saia e agora acariciava a parte baixa da minha calcinha com a palma da mão e depois passava os dedos sobre o tecido fazendo pressão, empurrando-a em profundidade para dentro do buraco do sexo.

Gemi mais, quis ajudá-lo a tirar minha calcinha, ele me deteve.

"Não", disse, "espera."

Afastou o tecido, acariciou-me o sexo nu com os dedos, entrou com o indicador, murmurou ainda:

"Sim, você é muito bonita."

Linda por todos os lados, fora e dentro, fantasia dos machos. Quem sabe se Mario também fazia assim, comigo nunca tinha se detido daquele jeito. Mas talvez ele também, durante a longa noite, em outro lugar, abrisse as pernas magras de Carla, pousasse o olhar sobre sua boceta entrecoberta pela calcinha, se demorasse com o coração que lhe batia forte sobre a obscenidade da pose, fazia-a mais obscena com os dedos. Ou também, quem sabe, obscena fosse só eu agora, abandonada àquele homem que me tocava em lugares secretos, que molhava seus dedos dentro de mim sem pressa, com a curiosidade apática de quem não tem amor. Carla, ao contrário — isso acreditava Mario —, era uma jovem mulher apaixonada que se dava ao seu amante. Não um gesto, nem um suspiro vulgar ou triste, nenhuma palavra mais grosseira faria algo contra o sentido verdadeiro de seu coito. Podia dizer boceta e pau e olho do cu, não lhes marcaria. Marcava, ao contrário, desfigurava somente a minha imagem no sofá, o que eu era naquele momento, decomposta, com os grandes dedos de Carrano que me agitavam um fundo de prazer viscoso.

Tive de novo vontade de chorar, apertei os dentes. Eu não sabia o que fazer, não queria começar a chorar novamente, reagi agitando os quadris, mexendo a cabeça, gemendo e murmurando:

"Você me quer, é verdade que me quer, fala..."

Carrano mostrou que sim, me empurrou para um lado, tirou minha calcinha. Preciso ir embora, pensei. Agora aquilo que eu queria saber eu já sei. Os homens ainda gostam de mim. Mario levou embora tudo, mas não a mim, não a minha pessoa, não a minha bela máscara atraente. Na bunda, chega. Ele morde minhas nádegas, me lambe.

"A bunda não", disse, afastei seus dedos. Ele voltou a roçar o ânus, eu o afastei novamente. Chega. Afastei-me, estendi uma mão sobre o seu roupão.

"Vamos acabar com isso", exclamei, "você tem uma camisinha?"

Carrano disse que sim, mas não se mexeu. Tirou as mãos do meu corpo mostrando um repentino desânimo, apoiou a cabeça nas costas do sofá, olhou para o teto.

"Não sinto nada", murmurou.

"O que você não sente?"

"Não tenho ereção."

"Nunca?"

"Não, agora."

"Desde que começamos?"

"Sim."

Senti-me tomada pela vergonha. Ele tinha me beijado, abraçado, tocado, mas o pau não tinha subido, eu não soube fazer seu sangue ferver, atiçou a minha carne mas eu não havia atiçado a sua, filho da puta.

Abri seu roupão, eu não podia mais ir embora, entre o quarto e o quinto andar já não havia mais escadas, se fosse embora encontraria o abismo.

Olhei seu sexo pálido, pequeno, perdido na moita negra de pelos, entre os testículos pesados.

"Não se preocupe", eu disse, "você está emocionado."

Dei um pulo para cima, tirei a saia que ainda vestia, mas ele nem notou, continuou a fitar o teto.

"Agora deita", dei ordens com falsa calma, "relaxa."

Empurrei-o no sofá, de costas, na posição em que eu estava até então.

"Onde estão as camisinhas?"

Ele sorriu melancolicamente.

"É inútil agora", e mesmo assim me indicou um móvel com um gesto desencorajador.

Fui até o móvel, abri uma gaveta após outra, encontrei as camisinhas.

"Mas você gostava mim...", voltei a insistir.

Bateu na própria testa levemente com o dorso da mão.

"Sim, na cabeça."

Ri com raiva e disse:

"Você tem que gostar em tudo", e sentei-me sobre seu tórax dando-lhe as costas. Comecei a acariciar seu ventre descendo devagar pelo caminho de pelos negros que terminavam no espesso largo ao redor do sexo. Carla estava fodendo com o meu marido e eu não conseguia foder com esse homem sozinho, sem oportunidades, um tocador deprimido para quem eu deveria ser uma agradável surpresa em seu aniversário de cinquenta anos. Ela governava o pau do Mario como se fosse seu, enfiava-o na boceta, no cu, onde ele nunca tinha me metido, e eu, eu só conseguia esfriar aquela carne cinza. Peguei seu pênis, desci a pele para controlar se havia alguma lesão e coloquei-o na boca. Depois de um tempo Carrano começou a gemer, parecia-me um pequeno zurro. Logo inchou-se a carne contra o meu céu da boca, olha o que queria o filho da puta, olha o que ele estava esperando. O pau levantava-se firme, finalmente, da barriga, um pau para me foder até ficar com o ventre doendo por dias, como Mario nunca me tinha fodido. Com as mulheres de verdade meu marido não sabia como fazer: tinha coragem só com as putinhas de vinte anos, sem inteligência, sem experiência, sem palavras de escárnio.

Carrano agora em delírio me dizia para esperar, espera, espera. Eu fui para trás até empurrar meu sexo na sua boca, soltei seu pau e me virei com o olhar mais desdenhoso que pude fazer, "beije-a", disse, e ele me beijou lentamente com devoção, senti o estalo do beijo na boceta, velho filho da puta, a linguagem metafórica que eu usava com o Mario não era evidentemente a sua, ele entendia mal, não entendia o que eu realmente estava ordenando, será que a Carla sabia decifrar as sugestões do meu marido, quem sabe? Rasguei com os dentes a embalagem da camisinha, encapei o pau, vamos lá, vai, você estava gostando do cu, me desvirgina, com meu marido nunca fiz isso, quero contar a ele os detalhes, mete no cu.

O músico saiu de baixo de mim com dificuldade eu continuei de quatro. Ria comigo mesma, não conseguia parar de pensar na cara de Mario quando eu contasse. Parei de rir somente quando senti que Carrano empurrava com força contra mim. De repente tive medo, segurei a respiração. Posição de besta, líquidos animais e uma perfídia toda humana. Virei para olhá-lo, talvez para suplicar que não me obedecesse, que deixasse para lá. Nossos olhares se cruzaram. Não sei o que viu, eu vi um homem já não jovem, com o roupão branco aberto, um rosto lustroso de suor, os lábios acirrados pela concentração. Murmurei algo, não sei o quê. Ele abriu os lábios, escancarou a boca, fechou os olhos. Depois esmoreceu às minhas costas. Apoiei-me de um lado. Vi a mancha branca do sêmen que se alargava contra a parede do preservativo.

"Paciência", disse com uma explosão seca de riso na garganta e arranquei-lhe a borracha do pênis já frouxo, joguei-a manchando o chão com sua faixa viscosa e amarelada, "errou o alvo."

Me vesti, fui até a porta, ele me seguiu fechando o roupão. Eu estava chateada comigo mesma. Murmurei antes de ir:

"A culpa é minha, desculpa."

"Mas não, é que eu..."

Sacudi a cabeça, fiz um sorriso forçado, falsamente reconciliador.

"Colocar a bunda na sua cara daquele jeito: a amante do Mario certamente não o faz."

Subi as escadas lentamente. Num canto, próximo ao corrimão, vi agachada a pobre coitada de tanto tempo atrás, que me disse num tom apagado, mas muito sério: "Eu sou limpa sou verdadeira e jogo com as cartas na mesa".

Diante da porta blindada errei várias vezes a ordem das chaves, por algum tempo não consegui abrir. Quando entrei, perdi tempo outra vez para fechá-la. Otto veio até mim, festivo, não lhe dei atenção, fui tomar um banho. Eu merecia tudo aquilo que tinha me acontecido, até as palavras graves com as quais me insultei mentalmente, rígida sob os esguichos d'água. Consegui me acalmar somente dizendo a mim mesma: "Amo meu marido e por isso tudo isso tem um sentido". Olhei o relógio, eram duas e dez, fui para a cama e apaguei as luzes. Dormi rapidamente, inesperadamente. Adormeci com aquela frase na cabeça.

18.

Quando abri novamente os olhos, cinco horas depois, às sete horas do sábado dia 4 de agosto, foi difícil cair em mim. Estava para começar o dia mais duro daquele meu caso de abandono, mas eu ainda não sabia.

Estendi a mão em direção a Mario, tinha certeza de que estava dormindo a meu lado, mas a meu lado não havia nada, nem mesmo seu travesseiro, nem eu tinha travesseiro. Parecia-me que a cama estava mais larga e mais curta. Talvez eu tenha ficado mais comprida, disse a mim mesma, talvez mais magra.

Sentia-me entorpecida como se tivesse uma perturbação circulatória, meus dedos estavam inchados. Vi que não tinha tirado os anéis antes de dormir, não os havia colocado sobre o criado-mudo, como de costume. Senti-os na carne do anular, um sufocamento que parecia a origem do mal-estar do corpo inteiro. Com gestos atentos tentei retirá-los, umedeci o dedo com a saliva, não consegui. Parecia-me sentir o gosto do ouro na boca.

Fixei um pedaço estranho de teto, diante havia uma parede branca, não havia mais o grande armário embutido que tinha diante de mim todas as manhãs. Senti que os pés estavam pendurados no vazio, nenhuma cabeceira por trás da cabeça. Os sentidos todos obtusos, entre os tímpanos e o mundo, entre os dedos dos pés e o lençol, talvez houvesse algodão, feltro, veludo.

Tentei juntar minhas forças, apoiei-me cautelosamente sobre os cotovelos para não dilacerar a cama, o quarto, com aquele movimento, ou dilacerar a mim mesma, como uma etiqueta arrancada de uma garrafa. Me dei conta, com dificuldade, de que devia estar muito agitada durante o sono, de que com o corpo ausente devo ter-me arrastado e enrolado nos lençóis molhados de suor. Nunca havia acontecido isso, normalmente dormia recolhida no meu lado, sem mudar de posição. Mas não encontrei outra explicação, tinha dois travesseiros do meu lado direito e o armário do meu lado esquerdo. Caí de novo, acabada, sobre os lençóis.

Naquele momento bateram à porta. Era Ilaria, entrou com o vestidinho amassado e com ar de sono, disse:

"Gianni vomitou na minha cama."

Olhei-a de lado, sem vontade, sem levantar a cabeça. Imaginei-a velha, os traços deformados, próxima à morte ou já morta, e ainda assim, um pedaço de mim, a aparição da menina que fui, que teria sido, por que aquele "teria sido"? Vi imagens rápidas e apagadas na minha cabeça, frase inteiras pronunciadas rapidamente, um sussurro. Me dei conta de que não vinham corretamente os tempos verbais, culpa daquele despertar desordenado. O tempo é um respiro, pensei, hoje sou eu, daqui a pouco minha filha, tinha acontecido com a minha mãe, com todas as minhas antepassadas, talvez ainda acontecesse a elas — a elas e a mim, simultaneamente, acontecerá.

Decidi levantar mas houve como uma suspensão da ordem: levante-se, ficou uma intenção flutuando levemente nos ouvidos. Ser uma garotinha, depois moça, esperava um homem, agora tinha perdido o marido, serei infeliz até o momento da morte, esta noite chupei o pau do Carrano por desespero, para apagar a ofensa à boceta, quanto orgulho desgastado.

"Já vou", disse sem me mover.

"Por que você dormiu nesta posição?"

"Não sei."

"Gianni colocou a boca no meu travesseiro."

"E qual o problema?"

"Sujou minha cama e também o travesseiro. Você tem que dar um tapa nele."

Sentei na cama com muita força de vontade, levantei um peso para o qual não tinha força suficiente. Eu não conseguia entender que era eu mesma a pesar sobre mim daquele jeito, pesava mais do que chumbo, não tinha vontade de segurar a mim mesma o dia todo. Bocejei, virei a cabeça antes para a direita e depois para a esquerda, tentei mais uma vez tirar os anéis, sem sucesso.

"Se você não punir ele, eu te dou um belisco", ameaçou-me Ilaria.

Fui até o quarto das crianças com movimentos planejadamente lentos, precedida por minha filha, que estava impaciente. Otto latiu, ganiu, ouvi-o raspar a porta que separava os quartos da sala. Gianni dormia na cama de Ilaria todo vestido como o havia visto na noite anterior, mas todo suado, pálido, com os olhos fechados embora claramente acordado. A manta estava manchada, também no chão alargava-se uma mancha amarelada.

Não disse nada ao menino, não senti nem necessidade nem sentimento. Fui ao banheiro, cuspi na pia, lavei a boca. Depois peguei um pano de chão, escolhi um gesto calmo, mas até este gesto pareceu-me rápido demais, tive a impressão de que, contra a minha vontade, me fazia retorcer o olhar, como se empurrasse os olhos lateralmente de forma descoordenada, uma forma de torção obrigada pelo olhar que ameaçava colocar em movimento a parede, o espelho, o móvel, tudo.

Dei um suspiro profundo, capaz de deter as pupilas sobre o pano de chão, acalmar o pânico. Voltei ao quarto das crianças, agachei-me para limpar. O cheiro ácido do vômito me relembrou o tempo das mamadas, das papinhas, os vômitos imprevistos. Pensei, enquanto apagava do chão com movimentos lentos os traços do mal-estar do meu filho, na mulher de Nápoles com seus filhos manhosos, calados forçadamente pelas balinhas. De algum momento em diante ela, a mulher abandonada, começou a descontar neles. Dizia que tinham deixado nela o cheiro de mãe, e isso a destruiu, culpa deles se o marido tinha ido embora. Antes te enchem o bucho, sim, antes pesam os peitos e depois eles não têm paciência. Lembrei-me de palavras assim. Minha mãe repetia-as em voz baixa para que eu não as ouvisse, gravemente, consentindo. Mas eu ouvia mesmo assim, até agora, numa forma de dupla escuta, eu era a garotinha do passado que brincava embaixo da mesa, roubava lantejoulas e colocava-as na boca, chupava-as; e eu era a adulta daquela manhã, ali ao lado da cama de Ilaria, mecanicamente ocupada pela triste incumbência e todavia sensível ao som do pano de chão que passava pelo piso. Como tinha sido Mario? Terno, me parecia, sem verdadeiros sinais de sofrimento ou mal-estar pelas minhas gravidezes. Aliás, quando estava grávida, eu queria fazer amor com maior frequência, eu até fazia com mais prazer. Agora eu limpava e ao mesmo tempo contava mentalmente, números sem emoções. Ilaria tinha um ano e meio quando Carla entrou em nossas vidas e Gianni tinha pouco menos que cinco anos. Eu não tinha mais trabalho, trabalho nenhum, nem mesmo o de escrever, há pelo menos cinco anos. Vivia numa cidade nova, uma cidade ainda nova, não havia parentes para quem pedir ajuda, e se os tivesse tido também não teria pedido ajuda, eu não era o tipo de pessoa que pedisse ajuda. Fazia as compras, cozinhava, arrumava a casa, levava as crianças de um lado para outro, de um quarto para outro, exausta, exasperada. Eu tomava conta de todos os tipos de contas, eu me ocupava da declaração de renda, ia ao banco, ia ao correio. Escrevia, à noite, nos meus cadernos, as entradas e as saídas, o que eu gastava detalhadamente, como se fosse uma contadora que tinha de prestar contas ao patrão sobre a empresa. Escrevia também, em alguns momentos, entre os números, como me sentia: um pedaço de comida que meus filhos mastigavam continuamente; uma bola feita de matéria viva que amalgamava e amaciava continuamente a sua substância viva para permitir às duas sanguessugas vorazes nutrirem-se, deixando-me no corpo o cheiro e o sabor de seus sucos gástricos. Amamentar, que nojo, uma função animal. E depois os hálitos mornos e adocicados das papas. Por mais que eu me lavasse, aquele mau cheiro de mãe não ia embora. Às vezes Mario se grudava em mim, me apertava, me agarrava no sono, cansado ele também do trabalho, sem emoção. Fazia-o com fúria sobre a minha carne quase ausente que cheirava a leite, biscoitos, semolina, com o seu desespero pessoal que lambia o meu, sem sequer perceber. Eu era o corpo de um incesto, pensava atordoada pelo cheiro do vômito do Gianni, era a mãe a ser violada, não uma amante. Ele buscava em outros cantos figuras mais adequadas ao amor, em fuga do sentimento de culpa, tomado pela melancolia, suspirava. Carla tinha entrado em casa no momento certo, uma ficção do desejo insatisfeito. Ela tinha então treze anos a mais do que Ilaria, dez a mais do que Gianni, sete a mais do que eu quando ouvia minha mãe que falava da pobre coitada, a mulher da Piazza Mazzini. Mario deve tê-la confundido com o futuro, e, ao contrário, desejava o passado, o meu tempo de jovem com o que eu já o havia presenteado e do qual agora sentia saudades. Talvez ela mesma tenha acreditado poder dar a ele o futuro, encorajando-o a acreditar. Mas estávamos todos confusos, eu em primeiro lugar. Esperava, enquanto cuidava dos filhos de Mario, um tempo que não chegava nunca, o tempo em que eu teria recomeçado a ser como havia sido antes da gravidez, jovem, magra, enérgica, descaradamente convencida de poder fazer de mim sei lá que espécie de pessoa memorável. Não, pensei apertando o pano de chão e levantando-me com dificuldade: o futuro, de certo ponto em diante, é somente a necessidade de viver o passado. Refazer imediatamente os tempos verbais.

19.

"Que nojo", disse Ilaria, e foi para trás com um exagerado desgosto, enquanto eu passava com o pano para enxaguá-lo no banheiro. Disse a mim mesma que se me empenhasse imediatamente nas tarefas domésticas, melhoraria. Lavar a roupa. Separar as roupas brancas das coloridas. Ligar a máquina de lavar. Eu só tinha que aquietar a visão de dentro, os pensamentos. Confundiam-se, atropelavam-se, pedaços de palavras e imagens, rondavam rapidamente como um cacho de vespas, davam a meus gestos uma terrível capacidade de causar danos. Lavei cuidadosamente o pano de chão, depois passei sabão ao redor dos anéis, a aliança, uma água-marinha que era da minha mãe. Devagar consegui tirá-los, mas não me senti aliviada, o corpo permaneceu congestionado, os nós das veias não se desataram. Apoiei os anéis com um gesto mecânico na beira da pia.

Quando voltei ao quarto das crianças, me debrucei distraidamente sobre Gianni para sentir sua testa com os lábios. Ele gemeu e disse:

"Estou com muita dor de cabeça."

"Levanta", disse sem pena, e ele, olhando-me surpreso por minha escassa atenção às suas dores, levantou-se com dificuldade. Desarrumei a cama com falsa calma, arrumei novamente, coloquei os lençóis e fronhas no cesto das roupas sujas. Só então me lembrei de lhe dizer:

"Fique na sua cama, vou pegar o termômetro."

Ilaria insistia:

"Você tem que dar um tapa nele."

Como me pus a procurar o termômetro sem satisfazer seu pedido, me puniu dando-me um beliscão, observou-me atentamente para entender se tinha doído.

Não reagi, nada me importava, eu não sentia nada. Então ela insistiu, vermelha no rosto pelo esforço e pela concentração. Quando encontrei o termômetro, empurrei-a, com uma leve cotovelada, e voltei para Gianni. Coloquei o termômetro sob a axila.

"Aperte", disse, e indiquei o relógio pendurado na parede. "Pode tirar daqui dez minutos."

"Você colocou errado", disse Ilaria com um ar provocador.

Não dei atenção, mas Gianni verificou e com um olhar de desapontamento me mostrou que eu havia colocado sob a axila o lado sem o mercúrio. Atenção: só a atenção poderá me ajudar. Arrumei-o, Ilaria sentiu-se satisfeita, disse: eu que percebi. Eu fiz sinal que sim, tudo bem, eu tinha errado. Por que — pensei — preciso fazer mil coisas ao mesmo tempo, já são quase dez anos que vocês me forçam a viver assim, e depois eu ainda não estou completamente acordada, ainda não tomei café, não tomei café da manhã.

Queria preparar a cafeteira e levá-la ao fogo, queria esquentar o leite para Ilaria, queria me ocupar da máquina de lavar. Mas subitamente voltei a perceber os latidos de Otto, não tinha parado e continuava a arranhar. E tinha-os removido dos tímpanos para poder me concentrar na condição do meu filho, mas agora o cão parecia produzir não sons, mas descargas de eletrochoque.

"Estou indo", gritei.

Na noite anterior — me dei conta — eu não o levei para passear, esqueci, o cachorro deve ter ganido a noite toda, agora estava enlouquecendo, tinha que fazer suas necessidades. Eu também, na verdade. Eu era um saco de carne viva, cheia de escoriações, bexiga dolorida, dor de barriga. Pensei nisso sem sombra de autocomiseração, como uma fria constatação. Os sons caóticos na minha cabeça davam no saco de pancadas que eu era golpes bem decididos: ele vomitou, estou com dor de cabeça, onde está o termômetro, au au au, reaja.

"Vou levar o cachorro para passear", disse bem alto a mim mesma.

Coloquei a coleira em Otto, virei a chave, tirei-a com dificuldade da fechadura. Somente já nas escadas me dei conta de que estava de camisola e pantufas. Percebi enquanto passava diante da porta de Carrano, fiz uma careta de riso desgostoso, certamente ele dormia para reconstituir-se da noite de exageros. O que me importava ele?, já tinha me visto com a verdadeira roupa, o corpo de quase quarenta anos, tínhamos bastante intimidade. Os outros vizinhos estavam de férias há algum tempo ou tinham viajado sexta-feira à tarde para passar o final de semana na montanha, no mar. Nós três também, enfim, nós teríamos nos estabelecido por pelo menos um mês em algum lugar marítimo de férias como todos os outros anos, se Mario não tivesse ido embora. O putanheiro. Edifício vazio, agosto era assim. Tive vontade de fazer uma careta em cada porta, mostrar a língua, lá-lá-lá. Eu estava pouco me fodendo para eles. Familinhas felizes, bom dinheiro dos profissionais autônomos, vendendo confortos construídos por um preço caro em prestações aquilo que, ao contrário, deveria ser gratuito. Como

Mario, que nos fazia viver bem vendendo ideias, a inteligência que ele tinha, os tons de voz persuasivos quando lecionava. Ilaria gritou do corredor:

"Eu não quero ficar com esse fedor de vômito."

Como eu não respondi, voltou para dentro de casa, ouvi bater a porta com fúria. Mas meu deus se alguém puxa de um lado eu não posso ser puxada do outro, o que está daquele lado não está deste. Otto de fato, ofegante, carregava-me rapidamente conectando um lance a outro, enquanto tentava detê-lo, não queria correr, se corresse me quebraria por inteiro, cada degrau deixado para trás desfazia-se imediatamente até na memória, e o corrimão, a parede amarelinha corriam-me pelos lados, fluidos, como uma cascata. Via somente as rampas com seus segmentos nítidos, pelas costas sentia uma tira gasosa, eu era um cometa. Ah que dia horrível, quente demais já às sete da manhã, nenhum carro estacionado exceto o de Carrano e o meu. Talvez eu estivesse muito cansada para segurar o mundo dentro da ordem habitual. Eu não deveria ter saído. O que é que eu tinha feito antes? Coloquei a cafeteira no fogo? Tinha pó, tinha água? Eu tinha fechado bem para que não explodisse? E o leite para a menina? Eu cumpri estas ações ou só me propus a fazê-las? Abrir a geladeira, tirar a caixa de leite, fechar a geladeira, encher a panelinha, não deixar a caixa de leite sobre a mesa, recolocá-la na geladeira, acender o gás, colocar a panelinha no fogo. Eu teria feito corretamente todas estas operações?

Otto me puxou pela avenida, sob o túnel repleto de pichações obscenas. O parque estava deserto, o rio parecia um plástico azulzinho, as colinas do outro lado do rio eram de um verde aguado, nenhum barulho de tráfego, ouvia-se somente o canto dos pássaros. Se eu houvesse deixado o café no fogo, o leite, tudo teria queimado. O leite, fervendo, teria vazado da pequena panela, teria apagado a chama e o gás, propagado por toda a casa. Ainda a obsessão do gás. Eu não havia aberto as janelas. Ou o fiz mecanicamente, sem pensar? Gestos habituais acontecem na mente mesmo quando não acontecem. Ou você os cumpre de verdade, mesmo quando a cabeça, por hábito, já não os registra mais. Listava as possibilidades, desatenta. Teria sido melhor me trancar no banheiro, a barriga estava tensa, pontadas agudas. O sol desenhava minuciosamente as folhas das árvores, até as agulhas dos pinheiros, um trabalho maníaco de luz, conseguia contá-los um a um. Não, eu não tinha colocado o café nem o leite no fogo. Tinha certeza. Preservar esta certeza. Bonzinho, Otto.

Levado por suas necessidades, o cão me obrigou a correr atrás dele, sentindo, no ventre, a pressão das minhas próprias necessidades. A coleira aperta a palma da minha mão, dei um puxão violento, me abaixei para soltá-lo. Saiu correndo como vida pura, uma massa escura cheia de urgências. Aguou as árvores, cagou no mato, correu atrás das borboletas, perdeu-se no pequeno bosque de pinheiros. Quando foi que eu perdi aquela força e teimosia da energia animal, talvez na adolescência. Agora estava num processo de volta ao selvagem, olhei meus tornozelos, minhas axilas, desde quando eu não me depilava, desde quando não me raspava? Eu, que até quatro meses atrás era só ambrosia e néctar. No momento em que me apaixonei por Mario, comecei a temer que se enojasse de mim. Lavar o corpo, desodorizá-lo, apagar todos os vestígios desagradáveis da fisiologia. Levitar. Queria sair do chão, queria que me visse suspensa em equilíbrio, elevada, como acontece com as coisas integralmente boas. Eu não saía do banheiro até que não desaparecesse o mau cheiro, abria a torneira para que não ouvisse o barulho da urina. Esfregava-me, aparava, lavava os cabelos a cada dois dias. Pensava a beleza como um esforço constante de apagamento da corporalidade. Queria que amasse meu corpo esquecendo o sabor que carregam os corpos. A beleza, eu pensava ansiosamente, é esse esquecimento. Ou talvez não. Talvez tenha sido eu que tenha acreditado que o amor dele precisasse daquela minha obsessão. Fora de contexto, retrógada, culpa da minha mãe que me educou para os obsessivos cuidados femininos. Me senti não sei se enojada ou surpresa ou talvez até divertida, quando a jovem, de no máximo vinte e cinco anos, que foi por muito tempo minha companheira de quarto quando trabalhei para a companhia aérea, uma manhã peidou sem pudor e, ao contrário, me olhou com olhos alegres e um meio sorriso cúmplice. As moças agora arrotam em público, peidam em público, uma colega de escola — me lembrei — já fazia isso, dezessete anos, três menos do que Carla. Queria ser bailarina e passava o tempo todo nas poses da escola de dança. Era boa. Durante um recreio fazia piruetas com leveza pela classe conseguindo passar entre as carteiras. Depois, para nos chocar, ou para quebrar a imagem de elegância que ficara nos olhos atônitos dos meninos, soltava seus barulhos com o corpo assim como vinham, pela boca, pelo cu. Qualidade ferina das fêmeas, sentia-a em mim desde que levantei, na carne. Senti de repente uma ânsia de me desfazer num esgoto, uma angústia tomou-me o ventre, tive de sentar num banco e segurar a respiração. Otto desapareceu, talvez não tivesse intenção de voltar, assobiei mal, estava lá no meio da densidade das árvores sem nome, a mim parecia mais uma aquarela do que a realidade. Estavam atrás de mim e aos meus lados. Álamos? Cedros? Acácias? Rubiáceas? Nomes ao acaso, o que eu sabia?, ignorava tudo, até o nome das árvores debaixo da minha casa. Se tivesse de escrever, não teria conseguido. Os troncos apareciam-me todos sob uma lupa poderosa. Não havia distância entre mim e eles, e, ao contrário, a regra reza que para contar é necessário, antes de qualquer coisa, tomar a distância, um metro, um calendário, calcular quanto tempo passou, quando espaço se colocou entre nós e os fatos, as emoções a serem narradas. Eu, ao contrário, sentia que tudo estava sempre em mim, respiração contra respiração. Mesmo naquela ocasião me parecia, por um momento, não estar vestida com minha camisola mas com um longo manto no qual estava pintada a vegetação do parque Valentino, as avenidas, a ponte Principessa Isabella, o rio, o prédio onde morava, até o cão pastor. Por isso estava tão pesada e inchada. Levantei-me choramingando de vergonha e dor de barriga, a bexiga cheia, eu não aguentava mais. Andei em zigue-zague, apertando as chaves de casa, batendo a coleira no chão. Não, não sabia nada sobre as árvores. Um álamo? Um cedro do Líbano? Um pinheiro de Aleppo? Qual era a diferença entre uma acácia e uma rubiácea? Os enganos das palavras, tudo um engano, talvez a terra prometida não tenha mais palavras para embelezar os fatos. Sorrindo de escárnio — um desprezo por mim mesma —, levantei a camisola, agachei, mijei e caguei atrás de um tronco. Estava cansada, cansada, cansada.

Disse-o alto, mas as vozes morrem logo, parecem vivas no fundo da garganta e, ao contrário, se articuladas, já são sons apagados. Ouvi que Ilaria me chamava de muito longe. Suas palavras chegavam fracas.

"Mamãe, volta, mamãe."

Eram as palavras de um serzinho agitado. Não a via, mas imaginei que as palavras foram ditas com as mãos apertadas ao redor da grade da sacada. Sabia que a sacada longa e estendida sobre o vazio lhe dava medo, realmente precisava de mim para ser levada para fora. Talvez o leite queimasse no fogo, talvez tivesse explodido a cafeteira, talvez o gás se espalhasse pela casa. Mas por que eu precisava socorrê-la? Descobri com pesar que ela precisava de mim, e eu não sentia nenhuma necessidade dela. E nem mesmo Mario. Por isso foi embora para viver com Carla, ele não precisava nem de Ilaria, nem de Gianni. O desejo encurta. Talvez só corte. O seu desejo foi escorregar para longe de nós sobre uma lâmina infinita; o meu agora me parecia ser ir até o fundo, abandonar-me, sucumbir surda e muda nas minhas próprias veias, no meu intestino, na minha bexiga. Me dei conta de que suava frio, uma pátina gelada, mesmo fazendo calor às seis da manhã. O que estava acontecendo. Era impossível encontrar o caminho de casa.

Naquele momento algo me roçou, umedecendo meu tornozelo. Vi a meu lado Otto, as orelhas em pé, a língua pendurada, o olhar de lobo bom. Levantei-me, tentei colocar mais de uma vez a coleira nele, mas não consegui, mesmo ele estando imóvel, só ofegante com um olhar diferente, talvez triste. Por fim, com um esforço para me concentrar, consegui prender seu pescoço. Vai, vai, eu disse. Parecia-me que se ficasse bem atrás dele, bem presa à coleira, teria sentido o ar quente no rosto, a pele seca, a terra sob os pés.

20.

Cheguei ao elevador como se tivesse caminhado sobre um fio esticado entre o pequeno bosque de pinheiros e a entrada do prédio. Apoiei-me à parede de metal enquanto a cabine subia lentamente, olhei para Otto para agradecê-lo. Estava com as patas levemente abertas, ofegante com um fiozinho de baba que descia da boca, desenhando um rabisco no chão do elevador. O elevador deu um tranco e parou.

No andar encontrei Ilaria, pareceu-me contrariada, como se fosse minha mãe que retornara do reino dos mortos para me lembrar dos meus deveres.

"Vomitou de novo", disse.

Entrou na minha frente, seguida por Otto, que soltei da coleira. Nenhum cheiro de leite queimado, de café, demorei a fechar a porta, mecanicamente enfiei as chaves na fechadura, tranquei com duas voltas. A mão já estava acostumada àquele movimento que devia impedir que qualquer um entrasse em casa para mexer nas minhas coisas. Preciso me proteger de quem fazia tudo para me sobrecarregar de obrigações, culpas, impedindo-me de retomar minha vida. Atravessou-me a suspeita de que até os filhos queriam convencer-me de que suas carnes sofriam por culpa minha, só por respirar o mesmo ar que eu. O mal-estar de Gianni servia a isso. Ele criava a cena, Ilaria desempenhava o papel com gosto sob os meus olhos. Vomitou de novo, sim, e aí? Não era a primeira vez e não seria a última. Gianni tinha um estômago fraco como o do pai. Sofria enjoo no barco, no carro. Bastava um pouco de água gelada, uma fatia de bolo com muita gordura e sentiam-se mal. O que será que tinha comido escondido aquele moleque, para complicar minha vida, para fazer com que o dia fosse ainda mais pesado.

Encontrei o quarto de novo bagunçado. Agora os lençóis sujos estavam num canto como uma nuvem e Gianni voltara a se deitar na cama de Ilaria. A menina me substituiu. Comportava-se como eu fazia com minha mãe quando pequena: tentava fazer aquilo que me viu fazer, brincava com se desfazer da minha autoridade substituindo-me, queria pegar meu lugar. Eu, normalmente, era complacente, minha mãe nunca o foi. Toda vez que tentava fazer como ela, chamava minha atenção, dizia que havia feito errado. Talvez fosse ela mesmo, em pessoa, a agir através da menina para me esmagar com a demonstração da minha inadequação. Ilaria me explicou como se quisesse me convidar para entrar num jogo em que ela se sentia a rainha:

"Coloquei ali os lençóis sujos e fiz ele deitar na minha cama. Não vomitou muito, só um tanto assim."

Encenou algum esforço, depois cuspiu algumas vezes no chão.

Aproximei-me de Gianni, estava suado, olhava para mim com hostilidade.

"Onde está o termômetro?", perguntei.

Ilaria pegou-o rapidamente no criado-mudo e me deu, fingindo informações que não tinha, não sabia ler a temperatura.

"Está com febre", disse, "mas não quer colocar o supositório."

Olhei o termômetro, não conseguia me concentrar nos graus indicados pela linha do mercúrio. Não sei quanto tempo permaneci com aquele objeto na mão tentando ansiosamente ensinar o meu olhar a ver de novo. Preciso cuidar do menino, dizia a mim mesma, preciso saber quanto ele tem de febre, mas não conseguia me concentrar. Algo certamente aconteceu comigo durante a noite. Ou eu tinha chegado, após meses de tensão, à beira de um precipício e agora caía como num sonho, lentamente, mesmo continuando a apertar nas mãos o termômetro, mesmo apoiando a sola das pantufas no chão, mesmo me sentindo firmemente controlada pelo olhar dos meus filhos. Culpa do tormento que me foi dado pelo meu marido. Chega, precisava arrancar a dor da memória, precisava me livrar dos arranhões que destruíam o meu cérebro. Levar embora também aqueles outros lençóis sujos. Enfiá-los na máquina de lavar. Ligá-la. Ficar olhando pelo vidro as roupas que giram, a água e o sabão.

"Estou com trinta e oito e dois", disse o Gianni num sopro, "e minha cabeça dói muitíssimo."

"Ele precisa colocar o supositório", insistiu Ilaria.

"Não vou colocar."

"E então eu vou te dar um tapa", ameaçou a menina.

"Você não vai dar tapa nenhum nele", intervim.

"E por que então você dá um tapa nele?"

Eu não dava tapas, nunca o havia feito, no máximo eu ameaçava. Mas talvez para as crianças não houvesse diferença alguma entre a ameaça e o que realmente se faz. Eu, pelo menos — agora me lembrava —, quando pequena era assim, talvez até já depois de grande. O que poderia me acontecer caso eu violasse uma proibição de minha mãe acontecia de qualquer jeito, independentemente da violação. As palavras realizavam de imediato o futuro e queimava-me ainda hoje a ferida da punição quando eu nem mesmo me lembrava da culpa do que eu poderia ou gostaria de ter feito. Lembrei-me de uma frase recorrente da minha mãe. "Pare ou te corto as mãos", dizia quando tocava os seus materiais de costureira. E aquelas suas palavras para mim eram como tesouras internas, longas e com um metal bem afiado, que saíam pela boca, mandíbulas de lâmina que se fechavam sobre os pulsos deixando tocos costurados com agulha e linha do carretel.

"Eu nunca dei tapa nenhum", disse.

"Não é verdade."

"No máximo eu disse que daria. Tem uma boa diferença."

Não há diferença alguma, pensei, e me assustei ouvindo esse pensamento na minha mente. Por quê, se eu perdia a capacidade de diferenciar, se a perdia definitivamente, se terminava num fluxo de enchente que apagava os confins, o que teria acontecido naquele dia de calor?

"Quando digo tapa, não dou um tapa", expliquei tranquilamente como se eu estivesse diante de um examinador e quisesse me sair bem na prova mostrando-me calma e com capacidade de raciocínio, "a palavra tapa não é um tapa".

E nem tanto para convencê-la, mas para convencer a mim mesma, dei-me um tapa com força. Depois sorri, não somente porque aquele tapa me pareceu súbita e objetivamente cômico, mas para mostrar que minha demonstração era alegre, sem ameaças. Foi inútil. O que aconteceu foi que Giani cobriu rapidamente o rosto com o lençol e Ilaria me olhou estupefata, com os olhos cheios de lágrimas.

"Você se machucou, mamãe", disse tristonha, "está saindo sangue do nariz."

O sangue escorreu pela camisola, o que me causou um sentimento de vergonha.

Funguei, fui até o banheiro, tranquei-me para impedir que a menina me seguisse. Chega, concentre-se, Gianni está com febre, faça alguma coisa. Sequei o sangue colocando um pouco de algodão no nariz e comecei a procurar rapidamente algo entre os remédios que pouco antes, na noite anterior, eu havia arrumado. Queria procurar um antipirético, mas enquanto isso pensava: preciso de um calmante, está acontecendo alguma coisa péssima comigo, preciso me acalmar, e sentia simultaneamente que Gianni, a memória de Gianni com febre no outro quarto, me escapava, eu não conseguia segurar o raio de preocupação por sua saúde, logo o menino se tornava indiferente para mim, era como se o visse só com o rabo do olho, figura vaporosa, uma nuvem desfeita.

Comecei a procurar um remédio para mim, mas não os encontrava onde eu tinha colocado, na pia, na noite anterior, logo me lembrei, que bobagem. Pensei então em tomar um banho quente para relaxar, depois talvez me depilar, os banhos acalmam, preciso do peso da água sobre minha pele, estou me perdendo e se não me encontrar de novo o que acontecerá com as crianças?

Eu não queria que Carla os tocasse, só a ideia me causou arrepios de nojo. Uma garotinha cuidando dos meus filhos, ainda nem saiu completamente da adolescência, tem as mãos sujas do sêmen de seu amante, o mesmo que está no sangue das crianças. Mantê-los distantes, então, ela e Mario. Ser autossuficiente, não aceitar nada deles. Comecei a encher a banheira, o barulho das primeiras gotas no fundo, a hipnose do fluxo da torneira.

Mas eu já não ouvia o ruído da água, perdia-me agora no espelho a meu lado, me via de forma insuportavelmente nítida, os cabelos emaranhados, os olhos sem maquiagem, o nariz inchado com o algodão e o sangue, o rosto inteiro arranhado por uma careta de concentração, a camisola curta, manchada.

Quis remediar. Comecei a limpar o rosto com um disco de algodão, queria voltar a ser bela, senti uma urgência. A beleza tranquilizava, as crianças ficariam felizes, Gianni teria sentido uma alegria que o faria sarar, até eu me sentiria melhor. Demaquilante delicado para os olhos, leite detergente calmante, tônico hidratante sem álcool, *demake up*, colorir-se, *make up*. O que é um rosto sem cores, colorir é esconder, nada sabe esconder a superfície melhor do que a cor. Vamos, vamos, vamos. Das profundezas subia o murmúrio de vozes, aquela de Mario. Escorreguei atrás das frases de amor do meu marido, palavras de anos atrás. Passarinha de vida alegre e contente, dizia citando o poema de Leopardi, pois era um bom leitor dos clássicos, tinha uma memória invejável. E fazia uma lista, divertido, que queria ser meu sutiã para apertar-me o peito, minha calcinha e minha saia e meu sapato premendo o pé, a água que me lavava e o creme que me hidratava e o espelho no qual me olhava, irônico com a boa literatura, engenheiro brincalhão com a minha mania de belas palavras e ao mesmo tempo encantado pelo presente de tantas imagens já prontas para dar forma ao desejo que sentia por mim, por mim, a mulher no espelho. Uma máscara de blush, batom, o nariz inchado de algodão, o sabor de sangue na garganta.

Me virei com um movimento de repulsão, a tempo de me dar conta de que a água transbordava da banheira. Fechei a torneira. Coloquei uma mão, água gelada, não tinha nem verificado para ver se estava quente. Meu rosto escorregou para fora do espelho, não me interessou mais. A impressão do frio me devolveu a febre de Gianni, o vômito, a dor de cabeça. O que eu buscava trancada no banheiro: o paracetamol. Comecei a procurar, encontrei, gritei como para pedir ajuda:

"Ilaria? Gianni?"

21.

Precisava agora de suas vozes, mas não responderam. Atirei-me à porta, tentei abri-la, não consegui. A chave, lembrei, mas virei para a direita como se fechasse, e não para esquerda. Respirei fundo, recordar o gesto, virei a chave na forma correta, saí para o corredor.

Bem em frente à porta encontrei Otto. Estava deitado de lado, a cabeça apoiada no chão. Não se mexeu ao me ver, nem levantou as orelhas, não sacudiu o rabo. Eu conhecia aquela posição, adotava-a quando sofria por algum motivo e queria ser amado, era a posição da melancolia e da dor, significava busca por compreensão. Cachorro besta, até ele queria me convencer de que eu espalhava minha ansiedade. Distribuía os esporos do mal-estar pela casa? Era possível? Desde quando, há quatro, talvez cinco anos? Por isso Mario foi procurar a pequena Carla? Apoiei um pé descalço sobre a barriga do lobo, senti o calor que me consumiu a sola, subiu até a virilha. Percebi que tinha um fiozinho de baba enfeitando sua boca.

"Gianni está dormindo", sussurou Ilaria do fundo do corredor, "vem."

Pulei o cão, fui até o quarto das crianças.

"Como você está linda", exclamou Ilaria com admiração sincera, e me empurrou para perto de Gianni, mostrando-me como dormia. O menino tinha na testa três moedas e realmente dormia num sono profundo.

"As moedas são frias", explicou Ilaria, "fazem passar a dor de cabeça e a febre."

De vez em quando tirava uma e colocava-a num copo d'água, secava e colocava-a outra vez sobre a testa do irmão.

"Quando acordar ele precisa tomar o paracetamol", disse. Coloquei a caixa sobre o criado-mudo, voltei ao corredor para me ocupar de algo, qualquer coisa. Preparar o café da manhã, sim. Gianni, porém, teria de ficar em jejum. A máquina de lavar. Até mesmo só fazer carinho em Otto. Mas percebi que o cão já não estava em frente à porta do banheiro, decidiu parar de manifestar a mim sua melancolia babada. Melhor assim. Se não era a minha má existência que se comunicava com os outros, criaturas humanas e animais, então era o mal-estar dos outros que me invadia fazendo-me adoecer. Por isso — pensei como se fosse um ato decisório — precisava de um médico. Tinha que telefonar.

    Impus-me segurar este pensamento, carreguei-o comigo como uma fita ao vento e fui andando com passos cuidadosos até a sala. Fiquei impressionada com a desordem da minha escrivaninha. As gavetas estavam abertas, livros dispersos por todos os cantos. Até o caderno no qual fazia anotações para meu livro estava aberto. Folheei as últimas páginas. Encontrei transcritos com a minha minúscula letra alguns trechos da *A mulher desiludida* e algumas linhas de *Anna Karenina*. Não me lembrava de tê-los feito. Sim, era um hábito meu transcrever trechos dos livros, mas não naquele caderno, eu tinha um só para isso. Seria possível que a memória estivesse se desfazendo? Não me lembro nem de ter sublinhado com força e com tinta vermelha as perguntas que Anna fazia a si mesma pouco antes de o trem colidir e derrubá-la: "Onde estou? O que faço? Por quê?". Eram trechos que não me surpreendiam, me parecia conhecê-los bem, ainda assim não entendia o que faziam naquelas páginas. Conhecia-os tão bem exatamente porque transcrevi-os recentemente, ontem, anteontem? Mas então por que não me lembrava de tê-lo feito? Por que estavam neste e não no outro caderno?

    Sentei à escrivaninha. Precisava reter alguma coisa, mas já não lembrava mais o quê. Nada estava detido, tudo escorregava. Olhei meu caderno, os traços vermelhos sob as perguntas de Anna como uma ancoragem. Li e reli, mas os olhos passaram sobre as perguntas sem entender. Havia algo que não funcionava em meus sentidos. Uma intermitência do sentir, dos sentimentos. Às vezes me abandonava a eles, às vezes me assustavam. Aquelas palavras, por exemplo: eu não sabia encontrar uma resposta para a interrogação, qualquer resposta possível parecia-me absurda. Eu estava perdida no onde estou, no que faço. Estava muda ao lado do por quê. Isso era o que eu me tornara no tempo de uma noite. Talvez, não soubesse quando, após recalcitrar, após ter resistido por meses, vi a mim mesma naqueles livros e apaguei, definitivamente estragada. Um relógio quebrado que agora, já que o seu coração de metal continuava batendo, estragava o tempo de todas as coisas.

22.

Naquele momento senti um choque nas narinas, achei que o nariz estivesse sangrando novamente. Logo entendi que confundi uma impressão tátil com o que era uma ferida no olfato. Propagava-se pela casa um denso ar mefítico. Pensei que Gianni estivesse realmente mal, me levantei, voltei a seu quarto. Mas o menino ainda dormia, apesar da assídua troca de moedas sobre sua testa elaborada pela irmã. Então me movi lentamente pelo corredor, devagar, até o escritório de Mario. A porta estava entreaberta, entrei.

O mau cheiro vinha de lá, um ar irrespirável. Otto estava deitado de lado, sob a escrivaninha de seu dono. Quando me aproximei, senti um calafrio em todo o corpo. Escorria baba pela boca, mas os olhos permaneciam aqueles de um bom lobo, mesmo parecendo-me brancos, como desbotados por um descolorante. Uma nódoa enegrecida alargava-se em um dos lados, lodo escuro tingido de sangue.

Num primeiro momento pensei em me afastar, sair do quarto, fechar a porta. Fiquei indecisa por um bom tempo, se tomava conhecimento daquele novo incongruente serpentear da doença pela minha casa, o que estava acontecendo? Por fim decidi ficar. O cão estava deitado mudo, não havia mais espasmos, agora as pálpebras estavam fechadas. Parecia ter se imobilizado numa última contração, como se estivesse com a mola carregada, idêntico aos antigos brinquedos de metal, prontos para animarem-se subitamente, bastava o dedo para abaixar uma alavanca.

Devagar me acostumei ao cheiro desagradável do cômodo, aceitei-o a tal ponto que em poucos segundos sua pátina lacerada em vários pontos começou a fluir um outro cheiro, ainda mais desagradável, tudo o que Mario não havia levado consigo e que estava estacionado ali, no seu escritório. Há quanto tempo eu não entrava naquele cômodo? Eu tinha que obrigá-lo o quanto antes, pensei com ódio, a tirar tudo do apartamento, a raspar o que há dele em cada canto. Não podia decidir me deixar e mesmo assim deixar em casa a transpiração de seus poros, o halo do seu corpo, tão forte a ponto de quebrar até a marca mefítica de Otto.

Me senti humilhada, mais ainda do que me sentira naqueles meses. Cão ingrato, eu cuidava dele, eu fiquei com ele sem abandoná-lo, eu o levava para passear e fazer suas necessidades, e ele, agora, transformava-se num território de chagas e suor, procurava conforto nos papéis olfativos do meu marido, o infiel, o traidor, o fugitivo. Fique aqui sozinho, pensei, você merece. Eu não sabia o que ele tinha, e não me importava, ele também era um defeito da manhã, um evento incongruente de um dia que eu não conseguia botar em ordem. Lancei-me para trás com raiva até a saída, a tempo de ouvir Ilaria, que atrás de mim perguntava:

"Que fedor é esse?"

Depois viu Otto deitado embaixo da escrivaninha e perguntou: "Ele também está mal? Comeu veneno?"

"Que veneno?", perguntei fechando a porta.

"A almôndega envenenada. Papai diz sempre que precisa tomar cuidado. Aquele senhor do andar de baixo que odeia os cães bota no parque."

Tentou abrir a porta novamente, apreensiva com Otto, mas eu impedi.

"Ele está muito bem", eu disse, "só está com um pouco de dor de barriga."

Olhou-me atentamente, tanto que pensei que quisesse entender se eu estava dizendo a verdade. Mas me perguntou:
"Posso também me maquiar como você?"
"Não. Cuide do seu irmão."
"Cuide você", rebateu chateada, e foi direto ao banheiro.
"Ilaria, não toque minha maquiagem."

Não respondeu e deixei estar, deixei que se perdesse além do canto do meu olho, nem me virei, fui com passos arrastados até o quarto de Gianni. Sentia-me acabada, até a voz parecia mais um som da mente do que da realidade. Tirei as moedas de Ilaria de sua testa, passei a mão sobre a pele seca, fervia.

"Gianni", chamei, mas ele continuou dormindo ou fingindo dormir. Estava com a boca entreaberta, os lábios em chama como uma ferida vermelha de fogo no fundo da qual brilhavam os dentes. Não sabia se o tocava novamente, se beijava sua testa, se tentava acordá-lo com uma sacudida de leve. Rejeitei também a pergunta sobre a gravidade do seu mal-estar: uma intoxicação, uma gripe de verão, o efeito de uma bebida gelada, uma meningite. Tudo me parecia possível, ou impossível, e mesmo assim era difícil formular uma hipótese, não sabia estabelecer hierarquias, sobretudo, eu não conseguia me preocupar. Agora, ao contrário, assustavam-me os próprios pensamentos, eu não queria mais tê-los, pareciam-me infectados. Após ter visto o estado de Otto, temia ainda mais ser eu o canal de todo o mal, melhor evitar os contatos, Ilaria, eu não podia tocá-la nem de leve. A melhor coisa era chamar o nosso médico, um velho pediatra, e o veterinário. Eu já o havia feito? Pensei em fazê-lo e depois esqueci? Chamá-los imediatamente, essa era a regra, deve-se respeitá-la. Mesmo que me incomodasse agir como sempre fazia Mario. Hipocondríaco. Preocupava-se, chamava os médicos por qualquer coisa. O papai sabe — me avisaram as crianças — que o senhor do andar de baixo bota almôndegas envenenadas no parque; sabe o que se faz com a febre alta, com a dor de cabeça, com os sintomas do veneno; sabe se precisa de um médico, se precisa de um veterinário. Se estivesse presente — estremeci — teria chamado um médico, antes de mais nada, para mim. Mas logo me afastei da ideia de solicitude atribuída a um homem a quem eu não solicitava mais nada. Tornara-me uma esposa obsoleta, um corpo negligenciado, minha doença é só a vida feminina que ficou fora de uso. Dirigi-me decididamente ao telefone. Chamar o veterinário, chamar o médico. Peguei o telefone.

Larguei-o rápido com raiva.

Onde estava a minha cabeça.

Precisava me regenerar, me retomar.

O telefone fazia o barulho de tempestade de sempre, nada de linha. Eu já sabia e fingia não saber. Ou não sabia, não tinha mais uma memória preênsil, não tinha mais capacidade de aprender, de reter a aprendizagem, mas eu ainda fingia conseguir, fingia e fugia das responsabilidades com meus filhos, com o cachorro, com a fria pantomima de quem sabe o que fazer.

Peguei mais uma vez o telefone, disquei o número do pediatra. Nada, o sopro continuou. Ajoelhei-me, procurei a tomada embaixo da mesa, desliguei, liguei outra vez. Tentei mais uma vez com o telefone: o sopro. Digitei o número: o sopro. Comecei então eu mesma a soprar o microfone, obstinadamente, como se com a minha respiração pudesse espantar aquele vento que apagava a linha. Nenhum resultado. Larguei o telefone, voltei sem vontade para o corredor. Talvez não tivesse entendido, tinha que fazer um esforço de concentração, eu precisava tomar conhecimento que Gianni estava mal, que também Otto estava mal, eu precisava encontrar uma forma de me preocupar com a condição deles, precisava sentir isso. Contei nos dedos, com diligência. Um, o telefone não funcionava na sala; dois, o garoto com febre alta e vômito no quarto; três, o cão pastor em péssimas condições no escritório de

Mario. Mas sem agitar Olga, sem correria. Cuidado, no calor do momento você poderia esquecer um braço, a voz, o pensamento. Ou dilacerar o chão, separar irremediavelmente a sala do quarto das crianças. Perguntei para Gianni, sacudindo-o com força:

"Como está?"

O menino abriu os olhos:

"Chama o papai."

Basta desse pai inútil de vocês.

"Eu estou aqui, não se preocupe."

"Sim, mas chama o papai."

O papai não estava, o papai que sabia exatamente o que fazer foi embora. Definitivamente, precisávamos dar conta sozinhos. Mas o telefone não funcionava, canais obstruídos. E talvez até eu estivesse indo embora, tive a clara consciência por um momento. Sabe-se lá por quais estradas eu estava indo, estradas para se perder, não saídas, o menino tinha entendido, por isso estava preocupado não tanto com a sua dor de cabeça, com a febre, mas comigo.

Comigo.

A coisa me doeu. Remediar, segurar-se à beira. Vi sobre a mesa uma pinça de metal para segurar papéis dispersos. Peguei, apertei-a do lado interno do braço direito, poderia servir. Alguma coisa que me segurasse.

"Já volto", disse para Gianni, e ele se levantou um pouco para me ver melhor.

"O que você tem no nariz?," me perguntou. "Vai te fazer mal todo esse algodão, tira. E por que você colocou esta coisa no braço? Fica perto de mim."

Olhou-me atentamente. Mas o que ele viu? O chumaço de algodão, a pinça. Nem uma palavra sobre a minha maquiagem. Ele não me achou bonita. Os machos pequenos ou grandes não sabem apreciar a beleza verdadeira, pensam só em suas necessidades. Certamente desajaria, logo, a amante de seu pai. Provável.

Saí do quarto e fui ao escritório de Mario. Arrumei bem a pinça de metal. Seria possível que Otto estivesse realmente envenenado, que o veneno fosse responsabilidade de Carrano?

O pastor ainda estava lá, sob a escrivaninha de seu dono. O mau cheiro era insuportável, teve outras descargas de diarreia. Mas agora não havia só ele no quarto. Atrás da escrivaninha, na poltrona giratória de Mario, na penumbra cinza-azul, sentava-se uma mulher.

23.

Apoiava os pés descalços sobre o corpo de Otto, tinha uma cor esverdeada, era a mulher abandonada da Piazza Mazzini, a pobre coitada, como a chamava minha mãe. Alisou cuidadosamente os cabelos, como se quisesse penteá-los com as mãos, arrumou o vestido descolorido sobre os seios, muito decotada. Sua aparição durou o tempo necessário para me tirar o fôlego, depois desapareceu.

Não era um bom sinal. Assustei-me, sentia que as horas do dia quente me levavam aonde eu realmente não queria ir. Se a mulher realmente estivesse no quarto, pensei, eu não poderia ser nada além de uma menina de oito anos. Ou pior: se aquela mulher estava lá, uma menina de oito anos, que já me era uma estranha, estava ganhando de mim, que tinha trinta e oito, impunha-me seu tempo, seu mundo. A garotinha trabalhava para tirar meu chão de baixo dos pés substituindo-o pelo seu. E era só o começo: se eu a atendesse, se me abandonasse, sentia que o próprio espaço do apartamento teria se aberto a muitos tempos distintos, a um turbilhão de ambientes e pessoas e coisas e outras de mim mesma que exibiriam tudo, simultaneamente presentes, eventos reais, sonhos, pesadelos, até criar um labirinto tão denso do qual nunca teria saído.

Não era uma desamparada, não poderia permitir isso. Era necessário não esquecer que a mulher atrás da escrivaninha, mesmo sendo um sinal ruim, era só um sinal. Recolha-se, Olga. Nenhuma mulher de carne e o osso entrou na minha cabeça de menina, em três décadas; nenhuma mulher de carne e osso poderia sair agora, toda inteira. A pessoa que eu tinha visto atrás da escrivaninha de Mario era só um efeito da palavra "mulher", "mulher da Piazza Mazzini", "a pobre coitada". Apegar-se, então, a estas noções: o cão está vivo, por enquanto; a mulher, ao contrário, morreu afogada há três décadas; eu não sou mais uma garotinha de oito anos, trinta anos atrás. Para me lembrar disso mordi a junta de um dedo por muito tempo, até sentir dor. Depois desmoronei no fedor do cão, queria sentir só aquilo.

Ajoelhei-me ao lado de Otto. Sentia espasmos incontroláveis, o pastor tornou-se um fantoche nas mãos do sofrimento. O que eu tinha sob meus olhos. Seu maxilar fechado, a baba densa. Aquelas contrações dos membros pareciam-me finalmente um ponto de apoio mais sólido do que morder as juntas, do que a pinça apertada no braço.

Preciso fazer algo, pensei. Ilaria tem razão: Otto foi envenenado, culpa minha, eu não o vigiei o suficiente.

Mas o pensamento não soube forjar-se em torno do invólucro habitual da minha voz. Senti na garganta, como se estivesse falando para dentro, uma vibração de ar que balbuciava como criança, adulta e ao mesmo tempo cheia de mimimi, um tom que sempre detestei. Carla modulava as palavras daquele jeito, eu me lembrava bem: quinze anos e parecia ter seis, talvez ainda falasse assim. Quantas mulheres não conseguem abrir mão da encenação da voz infantil. Eu tinha desistido imediatamente, com dez anos eu já procurava um tom adulto. Nem nos momentos do amor eu fazia o papel da menininha. Uma mulher é uma mulher.

"Vá à casa do Carrano", aconselhou-me uma voz com forte sotaque napolitano, a pobre coitada da Piazza Mazzini, ressurgindo dessa vez em um canto ao lado da janela, "peça ajuda a ele."

Não consegui resistir, parecia que estava me lamentando com uma voz fina de criança exposta ao perigo, inocente quando tudo parece causar um dano:

"Carrano envenenou Otto. Como prometeu a Mario. As pessoas mais inofensivas podem fazer coisas horríveis."

"Mas também coisas boas, minha filha. Vá, só tem ele no prédio, é o único que pode ajudar."

Que boba, não deveria ter falado com ela. Mesmo que só um diálogo. Como se estivesse escrevendo meu livro e tivesse em mente os fantasmas das pessoas, os personagens. Mas eu não estava escrevendo, nem estava embaixo da mesa da minha mãe contando para mim mesma a história da pobre coitada. Falava sozinha. Começa assim, falando as próprias palavras como se fossem de outra. Que erro. Precisava ancorar-me às coisas, certificar-me de sua solidez, acreditar em sua permanência. A mulher estava presente somente em minhas lembranças infantis. Não precisava me assustar, não tinha nem de dar ouvidos a ela. Carregamos na cabeça, até a morte, os vivos e os mortos. O essencial é impor a si mesmo uma medida, por exemplo, nunca responder às próprias palavras. Para saber onde estava, e quem era, afundei ambas as mãos nos pelos de Otto, emanava um calor insuportável. Assim que o toquei, que o acariciei, ele estremeceu, levantou a cabeça, escancarou os olhos brancos, explodiu com fios de baba contra mim, latindo. Retraí-me, assustada. O cão não me queria dentro de seu sofrimento, me afastava como se eu não merecesse aliviar sua agonia.

A mulher disse:

"Você tem pouco tempo. Otto está morrendo."

24.

Levantei, saí rapidamente do quarto e fechei a porta. Queria dar passos largos para que nada me detivesse. Olga marcha pelo corredor, pela sala. Está decidida, agora ela vai dar conta, mesmo que a menininha que está na sua cabeça e fala com voz açucarada diga a ela: Ilaria pegou sua maquiagem, vai ver o que ela está fazendo no banheiro, não há mais coisas que sejam realmente suas, ela pega tudo, vai lá dar uns tapas nela. Todavia desacelerei imediatamente, eu tolerava pouco a excitação, se o mundo ao meu redor acelerava, eu desacelerava. Olga tem horror ao frenesi do fazer, teme que a necessidade de uma reação imediata — passos rápidos, gestos rápidos — migrem para dentro do seu cérebro, não pode tolerar o chiado interno que começa a atordoá-la, as têmporas pulsando, náusea no estômago, suor frio, a mania de ser sempre mais rápida, sempre mais rápida. Por isso nada de pressa, calma, andar lentamente, quase desleixada. Voltei a arrumar a mordida da pinça no braço para que abandonasse aquela terceira pessoa, a Olga que queria correr, que queria voltar ao eu, eu que vou até a porta blindada, eu que sou quem eu sou, controlo o que faço.

Tenho memória, pensei. Não sou daqueles que esquecem até seu próprio nome. Lembro-me. Me lembrei, de fato, dos dois operários que trabalharam na porta de casa, o velho e o jovem. Qual dos dois me disse, cuidado senhora, não faça força, cuidado como usa a chave, os dispositivos são delicados. Ambos tinham ar de sonsos. Todas aquelas alusões, a chave na posição vertical, a chave na horizontal, ainda bem que eu sempre soube das minhas coisas. Se depois do que me fizera Mario, depois daquela afronta e abandono precedidos por um longo engano, permaneci ainda eu mesma, persistente diante do tumulto daqueles meses, eu ali no calor, nos primeiros dias de agosto, e aliás, eu resistia, resistia a tantas desconexas adversidades, desta vez queria dizer que a coisa que temia desde pequena — crescer e ficar como a pobre coitada, eis aqui meu medo que tinha guardado por três décadas — não tinha acontecido, eu reagia bem, muito bem, agarrava perto de mim as partes da minha vida, parabéns Olga, apesar de tudo eu não fugia de mim mesma.

Diante da porta blindada parei um pouco, como se tivesse realmente corrido. Tudo bem, vou pedir ajuda a Carrano, mesmo tendo ele envenenado Otto. Não há mais nada a fazer, vou pedir para usar seu telefone. E se ele quiser tentar pegar minha boceta, ou metê-lo no cu, vou dizer não, passou o momento, estou aqui só porque há uma emergência na minha casa, não se iluda. Vou dizer imediatamente, de forma que nem passe por seu pensamento que voltei para ele por aquelas coisas lá. Perdida uma ocasião, não se oferecem outras. Se algo que acontece duas vezes também acontece três, então o que acontece uma só vez pode não acontecer mais. Ainda mais que naquela única vez você gozou sozinho na camisinha, filho da puta.

Mas soube imediatamente, até mesmo antes de tentar, que a porta não se abriria. E quando peguei a chave e tentei virá-la, a coisa que eu tinha imaginado um segundo antes aconteceu. A chave não virou.

Fui tomada pela ansiedade, exatamente a reação que eu não desejava ter. Tentei fazer uma pressão mais forte, caoticamente, tentei virar a chave antes para a esquerda, depois para a direita. Nenhum resultado. Tentei então extraí-la da fechadura, mas não saiu, ficou presa como se o metal se fundisse com o metal. Bati os punhos nos painéis, dei com os ombros na porta, tentei outra vez com a chave, de repente meu corpo acordou, estava devorada pelo desespero. Quando me rendi, descobri que estava coberta de suor. A camisola estava grudada no corpo mas eu batia os dentes. Sentia tanto frio, mesmo sendo um dia tão quente.

Agachei-me no chão, precisava raciocinar. Os operários, sim, me disseram que eu tinha que tomar cuidado com a engrenagem, poderia quebrar. Mas disseram com aquele tom que os homens têm quando exageram só para exagerar sua indispensabilidade. Indispensabilidade sexual, sobretudo. Lembrei-me do sorriso largo com que o mais velho tinha me dado o cartão, caso precisasse da sua intervenção. Eu sabia bem em que fechadura ele queria atuar, certamente não naquela da porta blindada. Então, disse a mim mesma, eu precisava apagar de suas palavras qualquer real informação de tipo técnico, ele tinha feito uso do jargão das suas competências para sugerir alguma obscenidade. O que significava, na verdade, que eu deveria apagar da minha cabeça até os significados assustadores daquelas palavras, eu não precisava temer que a engrenagem da porta tivesse emperrada. Adeus às frases daqueles dois homens vulgares, limpar tudo. Diminuir a tensão, colocar em ordem, obturar as falhas do sentido. Até o cão, por exemplo: por que tinha que ter sido envenenado? Apagar "veneno". Eu vi Carrano de perto — me deu vontade de rir ao pensar nisso —, não me parecia o tipo de pessoa que preparava almôndegas de estricnina, talvez Otto tivesse comido alguma coisa estragada. Preservar então "estrago", fixar bem esta palavra. Reduzir cada evento daquele dia ao momento em que tinha acordado. Reduzir os espasmos de Otto dentro do limite da verossimilhança, restituir aos fatos sua medida. Restituir a mim mesma uma medida. O que eu era? Uma mulher enfraquecida por quatro meses de tensão e de dores; certamente não uma maga que, por desespero, segrega um veneno capaz de causar febre no filho homem, matar um lobo doméstico, colocar em desuso a linha telefônica, corroer a engrenagem de uma porta blindada. E vamos lá. As crianças ainda não tinham comido nada. Eu mesma não tinha tomado café da manhã, não tinha me lavado. As horas passavam. Eu tinha que separar as roupas coloridas das roupas brancas. Não tinha mais calcinhas limpas. Os lençóis sujos de vômito. Passar o aspirador. Faxina.

25.

Levantei-me atenta a não fazer movimentos bruscos. Olhei a chave por um bom tempo, como um pernilongo a ser esmagado, depois de modo decidido estendi a mão direita e comandei de novo os dedos num movimento rotatório à esquerda. A chave não se moveu. Tentei puxá-la em direção a mim, esperando que se deslocasse um pouco, aquele tanto necessário para encontrar a posição correta, mas não consegui nem um milímetro. Não parecia uma chave, parecia uma excrescência da chapa de bronze, seu peso morto escuro.

Examinei os batentes. Eram lisos, sem apoios exceto a maçaneta cintilante, maciços nas dobradiças maciças. Inútil, não havia jeito de abrir a porta senão girando a chave. Estudei as lâminas redondas das duas fechaduras, a chave saía daquela inferior. Cada uma fixada com quatro pequenos parafusos. Sabia que soltá-los não me levaria muito longe, mas pensei que fazê-lo me ajudaria a não desistir.

Fui até a despensa pegar a caixa de ferramentas, carreguei-a até o saguão. Olhei dentro mas não encontrei uma chave de fenda adequada aos parafusos, todas grandes demais. Então fui até a cozinha, peguei uma faca. Escolhi um parafuso qualquer e coloquei a ponta da lâmina no minúsculo sulco em cruz, mas a faca logo se deslocou, não fez atrito algum. Voltei para a chave de fenda, peguei a menor, tentei introduzir a extremidade sob a lâmina de bronze da fechadura inferior, outro gesto inútil. Desisti depois de ter tentado algumas vezes, e voltei para a despensa. Procurei lentamente, cuidando para não perder a concentração, um objeto para enfiar sob a porta, robusto, com o qual poderia levantar um dos batentes e ver se conseguia tirá-lo da dobradiça. Eu raciocinava, preciso admitir, como se estivesse me contando uma historinha, sem acreditar minimamente que encontraria um instrumento adequado, ou que, encontrando-o, teria tido a força física para fazer o que me passava pela cabeça. Mas tive sorte, encontrei uma barra curta de ferro que se afunilava. Voltei para a entrada, tentei enviar a extremidade acuminada do objeto sob a porta. Não havia espaço, os batentes aderiam perfeitamente ao chão, e também, mesmo tendo conseguido — me dei conta — o espaço no alto teria sido insuficiente para tirar a porta das articulações. Deixei cair a barra, o que fez um grande barulho. Eu não sabia mais o que tentar, era uma incapaz, prisioneira em minha própria casa. Pela primeira vez durante o dia inteiro senti lágrimas nos meus olhos, e não fiquei aborrecida.

26.

Eu estava quase chorando quando Ilaria, que acintosamente veio nas pontas dos pés pelas minhas costas, perguntou:
"O que está fazendo?"
Tratava-se de uma falsa pergunta, na verdade ela só queria que me virasse para vê-la. Quando fiz isso, levei um susto de repulsa. Estava vestida com as minhas coisas, maquiada, levava na cabeça uma antiga peruca loira, presente do pai. Nos pés meus sapatos de salto, no corpo um vestido meu azul que dificultava os movimentos e criava a partir das costas uma cauda que se arrastava, o rosto era uma máscara pintada, sombra nos olhos, blush, batom. Parecia uma velha anã daquelas que minha mãe contava ter visto quando moça subindo o teleférico de Vomero. Eram duas gêmeas, idênticas, centenárias, ela dizia, entravam nos vagões sem dizer uma palavra e começavam a tocar o bandolim. Tinham cabelo de estopa, olhos pintados com muita sombra, rostos enrugados e as maçãs vermelhas, os lábios pintados. Quando terminavam o pequeno concerto, em vez de agradecer mostravam a língua. Eu nunca vi, mas as histórias dos adultos são córregos de imagens, as

duas velhas anãs estavam bem presentes na mente, vivas. Agora Ilaria estava diante de mim e parecia ter vindo exatamente daqueles contos da infância.

Quando percebeu o desgosto que devia estar estampado na minha cara, sorriu pelo embaraço, e com olhos fúlgidos disse, justificando-se:

"Somos idênticas."

A frase me perturbou, senti um arrepio, perdi num instante aquele pouco de chão que eu parecia ter conquistado. O que significa somos idênticas, naquele momento eu precisava ser idêntica só a mim mesma. Eu não podia, não devia me imaginar como uma das velhas do teleférico. Só a ideia me deixou levemente tonta, com um pouco de náusea. Tudo voltou a se despedaçar. Talvez, pensei, Ilaria não seja só Ilaria. Talvez fosse realmente uma daquelas mulherzinhas do Vomero, que apareceu traiçoeiramente, como antes a pobre coitada que tinha se afogado no Capo Miseno. Ou talvez não. Talvez há tempos fosse eu, eu mesma uma daquelas velhas tocadoras de bandolim, e Mario tivesse descoberto e me deixado. Transformei-me, sem perceber, numa delas, figura das fantasias infantis, e Ilaria agora estava somente reproduzindo minha verdadeira imagem, não havia feito nada além de tentar se parecer comigo, maquiando-se como eu. Essa era a realidade que eu estava por descobrir, por trás da aparência de tantos anos. Já não era mais eu, era outra, como temia desde que acordei, como temia desde sabe-se lá quando. Agora qualquer resistência era inútil, me perdi enquanto tentava me concentrar com todas as minhas forças para não me perder, eu nem estava mais lá, no saguão da minha casa, diante da porta blindada, ocupada com aquelas chaves desobedientes. Eu só fingia estar ali, como num jogo infantil.

Reuni as forças, peguei Ilaria pela mão, levei-a pelo corredor. Ela protestou, debilmente, perdeu um sapato, contorceu-se, perdeu até a peruca, disse:

"Você é malvada, não dá pra te aguentar."

Abri a porta do banheiro, evitei o espelho, carreguei a menina até a banheira que estava cheia até a borda. Peguei com uma mão Ilaria pela cabeça e enfiei-a na água, enquanto com a outra esfreguei energicamente seu rosto. Realidade, realidade sem blush. Eu precisava disso, por ora, se queria me salvar, salvar meus filhos, o cachorro. Insisti, aliás, em me atribuir o papel de salvadora. Aqui, limpa. Puxei para cima a menina e ela me jogou água no rosto cuspindo e se debatendo e respirando afoita e gritou:

"Você me fez beber, você estava me afogando."

Eu disse a ela com imprevista ternura, eu tinha de novo vontade de chorar:

"Eu queria ver como era linda a minha Ilaria, tinha me esquecido como era linda."

Peguei a água na cavidade da mão e depois, enquanto ela se debatia e tentava escapar, continuei a esfregar o rosto, os lábios, os olhos, misturando as cores resíduas, dissolvendo-as e espalhando-as na pele, até que se tornou uma boneca de rosto violáceo.

"Agora sim" disse tentando abraçá-la, "assim eu gosto."

Ela me empurrou, disse:

"Vai embora! Por que você pode se maquiar e eu não?"

"Você tem razão, nem eu posso."

Soltei-a e imergi o rosto, os cabelos na água fria da banheira. Me senti melhor. Quando me levantei e esfreguei a pele do rosto com ambas as mãos, senti sob os dedos o algodão encharcado que tinha dentro da narina e tirei-o cuidadosamente, joguei-o na banheira. O algodão boiou, preto de sangue.

"Melhor agora?"

"Estávamos mais bonitas antes."

"Somos bonitas se nos amarmos."

"Você não me ama, você machucou meu pulso."

"Eu te amo muito."

"Eu não."

"É verdade?"

"Não."

"Então, se você me ama, precisa me ajudar."

"O que preciso fazer?"

Um meneio, uma batida nos pulsos, o deslizamento brusco das coisas, olhei-me incerta no espelho. Eu não estava num bom estado: os cabelos molhados colados à testa, uma narina incrustada de sangue, a maquiagem borrada e reduzida a pequenos grumos pretos, o batom apagado dos lábios mas borrado em direção ao septo nasal e ao queixo. Estendi a mão para pegar mais um pedaço de algodão.

"Então?", insistiu Ilaria, impaciente.

A voz chegou de longe. Só um momento. Primeiro vou tirar direitinho a maquiagem. Graças às portas laterais do espelho, vi separadamente, distantes, as duas metades do meu rosto e senti-me atraída antes pelo perfil direito, depois pelo esquerdo. Os dois me eram completamente estranhos, eu nunca usava as laterais, reconhecia-me somente na imagem que refletia o espelho grande. Agora tentei arrumá-lo para poder me ver de lado como de frente. Não há reprodução técnica que, até então, supere o espelho e os sonhos. Olha-me, disse ao vidro com os lábios, num sopro. O espelho fazia o balanço da minha situação. Se a imagem frontal me tranquilizava dizendo que era a Olga e que talvez conseguisse chegar até o fim do dia com sucesso, os meus dois perfis avisavam que não era bem assim. Mostravam-me a nuca, as terríveis olheiras vivas, o nariz levemente arqueado que eu nunca tinha amado, o queixo, as maçãs altas e a pele esticada das bochechas, quase uma folha em branco. Senti que aí, sobre aquelas duas meias porções, Olga tinha pouco controle, era pouco resistente, pouco persistente. O que tinha em relação àquelas duas imagens? O lado pior, o lado melhor, geometria do oculto. Se eu vivi achando que fosse aquela Olga frontal, os outros haviam me atribuído, sempre, uma soldagem móvel, incerta, dos dois perfis, uma imagem global da qual eu nada sabia. Para Mario, para Mario, sobretudo, para quem eu acreditava ter dado a Olga, a Olga do espelho central, agora, na verdade, não sabia nem que rosto, que corpo eu havia realmente dado. Ele tinha me juntado tendo como base aqueles dois lados móveis, descoordenados, fugidios, e quem sabe que fisionomia me havia atribuído, que montagem de mim o fizera apaixonar, e qual, ao contrário, fora repugnante fazendo-o desapaixonar. Senti um arrepio — para Mario eu nunca fui Olga. Os sentidos, o sentido da vida dela — compreendi de imediato — foram somente uma luz do fim da adolescência, uma ilusão de estabilidade. A partir de agora, se quisesse conseguir algo, precisava confiar nos dois perfis, confiar na estranheza deles mais do que na familiaridade, e movendo daí devolver a mim mesma, devagar, a confiança, tornar--me adulta.

Aquela conclusão me pareceu cheia de verdade. Ainda mais que olhando bem meu perfil do lado esquerdo, na fisionomia iridescente dos lados secretos, reconheci os traços daquela pobre coitada, nunca teria imaginado que teríamos tantos elementos em comum. Seu perfil, quando descia as escadas e interrompia as brincadeiras com as minhas colegas para passar além com o olhar ausente do sofrimento, havia se escondido não sei quando dentro de mim, era o que eu, agora, oferecia ao espelho. A mulher murmurou no limiar:

"Lembre-se do cão que está morrendo e de Gianni que está com uma febre intestinal feia."

"Obrigada", disse sem susto, aliás, com gratidão.

"Obrigada por quê?", perguntou Ilaria, irritada.

Me recompus.

"Obrigada por prometer que você vai me ajudar. "

"Mas se você não diz o que preciso fazer."

Sorri, disse:

"Vamos lá que eu te mostro."

27.

Me movi e parecia a mim mesma ser puro ar comprimido entre as duas metades mal conectadas da mesma figura. Como era inconclusivo percorrer aquela casa conhecida. Todos os seus espaços se tornaram plataformas distantes, separadas entre si. Uma vez, cinco anos atrás, conheci minuciosamente a dimensão, medi cada canto, decorei-a cuidadosamente. Agora eu não sabia mais quão distante o banheiro era da sala, a sala da despensa, a despensa da porta de entrada. Puxada por aqui e por lá, como numa brincadeira, senti uma espécie de vertigem.

"Mamãe, cuidado", Ilaria disse, e segurou minha mão. Cambaleei, talvez estivesse caindo. Chegando à entrada, mostrei a ela a caixa de ferramentas.

"Pegue o martelo", disse, "e me siga."

Voltamos, agora ela segurava orgulhosamente o martelo com as duas mãos, parecia finalmente feliz por eu ser sua mãe. Também me senti feliz. Quando estávamos na sala, disse a ela:

"Agora você fica aqui e bate no chão sem parar."

Ilaria assumiu uma expressão muito divertida.

"Assim vamos fazer o sr. Carrano ficar bravo."

"Exatamente."

"E se ele subir para reclamar?"

"Você me chama e eu falo com ele."

A menina foi até o centro do cômodo e começou a dar golpes no chão segurando o martelo com as duas mãos.

Agora, pensei, preciso ver como está Gianni, estou me esquecendo dele, que mãe desnaturada.

Troquei um último olhar de cumplicidade com Ilaria e fui indo, mas meus olhos caíram sobre um objeto que estava fora do lugar, aos pés da estante de livros. Era o pulverizador de inseticida, deveria estar no armário, mas estava lá no chão, amassado pelos dentes de Otto, até o botão branco do spray estava desconectado.

Recolhi, examinei-o, olhei a meu redor desorientada, percebi as formigas. Elas corriam enfileiradas pela base da estante, voltaram a sitiar a casa, talvez fossem elas o único fio que ainda mantinha a casa unida, que impedia que se desintegrasse por completo. Sem sua teimosia, pensei, Ilaria estaria agora sobre um pedaço de chão muito mais distante do que de onde a vejo e o quarto onde Gianni está deitado seria mais inalcançável do que um castelo cuja ponte levadiça fora levantada, e o quarto da dor, no qual agoniza Otto, seria um cômodo lazarento de vítimas da peste, impenetrável, e minhas próprias emoções e meus pensamentos da vida passada, os lugares estrangeiros e minha cidade natal e a mesa sob a qual eu escutava as histórias da minha mãe seriam poeira na luz encarnada de agosto. Deixar as formigas em paz. Talvez não fossem inimigas, não precisava ter tentado exterminá-las. A compacidade das coisas é, às vezes, confiada a elementos irritantes que parecem perturbar sua coesão.

Aquele último pensamento teve força na voz, ressoou, estremeci, não era meu. Ouvi claramente o som, que conseguiu até superar a barreira dos golpes diligentes de Ilaria. Levantei o olhar do pulverizador que eu tinha em minhas mãos, na escrivaninha. O corpo de papel machê da pobre coitada de Nápoles sentado ali, moldagem artesanal dos meus dois perfis. Mantinha-se viva com as minhas veias, via-as vermelhas, descobertas, úmidas, pulsantes. Até a garganta, até as cordas vocais, até mesmo o ar para fazê-las vibrar pertenciam a mim. Depois de ter dito aquelas palavras incongruentes, ela voltou a escrever em meu caderno.

Mesmo ficando parada naquela posição, consegui ver claramente o que escrevia. Anotações suas, entre as minhas páginas.

Este cômodo é muito amplo, anotava com a minha letra, não consigo me concentrar, não consigo entender profundamente onde estou, o que faço, por quê. A noite é longa, não passa, por isso meu marido me deixou, queria que as noites corressem, antes de envelhecer, de morrer. Preciso, para escrever bem, para ir até o âmago de cada pergunta, de um lugar menor, mais seguro. Apagar o supérfluo. Restringir o campo. Escrever de verdade é falar do fundo do ventre materno. Virar a página, Olga, começar de novo.

Essa noite não dormi, disse a mulher da escrivaninha. Mas me lembro de ter deitado na cama. Um pouco de sono, levantei, voltei a dormir. Devo ter me deitado muito tarde, pesada, cortando a cama em transversal, por isso me vi nesta posição estranha ao acordar.

Atenção, então, reorganizar os fatos. Já durante a noite algo dentro de mim cedeu, se rompeu. Desmantelaram-se razão e memória, a dor duradoura consegue fazer isso. Eu achei que me deitara, mas não o fiz. Ou fui e depois levantei. Corpo desobediente. Ela escreveu nos meus cadernos, escreveu páginas e mais páginas. Escreveu com a mão esquerda, para combater o medo, para resistir à humilhação. Provavelmente tinha sido assim.

Senti o peso do pulverizador, talvez tivesse lutado a noite toda contra as formigas, em vão. Passei inseticida em todos os cômodos da casa e por isso o Otto estava mal, por isso Gianni vomitou tanto. Ou talvez não. Meus lados opacos inventavam culpas que Olga não tinha. Pintar-me desalinhada, irresponsável, incapaz, me induzir à autodifamação que teria confundido ainda mais a situação real e teria me impedido de desenhar as bordas, estabelecer o que era, o que não era.

Apoiei o pulverizador numa prateleira, recuei até a porta na ponta dos pés, como se não quisesse perturbar a forma de mulher à escrivaninha que tinha voltado a escrever, Ilaria que continuava metodicamente a bater o martelo. Me dirigi outra vez para o banheiro me debatendo contra as fantasias de culpa. Pobre criança, meu doce menino. Procurei analgésicos na desordem do armário de remédios e ao encontrá-los despejei doze gotas (exatamente doze) num copo d'água. É possível que eu tivesse sido assim tão imprudente? Possível que tivesse passado inseticida durante a noite, até acabar o produto, com as janelas fechadas?

Já no corredor ouvi as tentativas de vômito de Gianni. Vi que se inclinava na cama, os olhos escancarados, o rosto congestionado, a boca bem aberta, enquanto uma força o sacudia por dentro sem nenhum resultado. Menos mal que eu não podia conter mais nada, nem um sentimento, nem uma emoção, uma suspeita. O quadro estava mudando de novo, outros dados, outras probabilidades. Lembrei-me da boca de fogo em frente à Cittadella. E se, enfiando-se dentro do velho canhão, Gianni respirou uma doença de misérias e climas longínquos, um sinal do mundo em ebulição, tudo em mudança, confins dilatados, o longínquo que se tornava próximo, ruídos de subversão, odes antigas e recentes, guerras distantes ou à porta? Estava abandonada a todos os fantasmas, a todos os horrores. O universo de boas razões que eu havia dado a mim mesma na adolescência se esvaía. Por mais que eu tentasse ser lenta, fazer gestos premeditados, aquele mundo, de anos atrás, moveu-se em mim sem dar tréguas e sua figura redonda como um globo reduziu-se a uma tábua fina e circular, tão fina que por perder as lascas já parecia furada no meio, logo seria um anel nupcial e então, finalmente, estaria dissolvida.

Sentei-me ao lado de Gianni, segurei firme sua testa, encorajei-o a vomitar. Cuspiu uma saliva esverdeada, exausto, e no fim caiu sobre as costas, em prantos.

"Chamei e você não veio", repreendeu-me entre lágrimas.

Enxuguei sua boca, seus olhos. Fiquei presa com alguns problemas, justifiquei, precisava resolvê-los urgentemente, não ouvi.

"É verdade que Otto comeu veneno?"

"Não, não é verdade."

"Ilaria me disse."

"Ilaria conta histórias."

"Estou com dor aqui", suspirou mostrando-me a nuca, o pescoço, "estou com muita dor, mas eu não quero o supositório."

"Não vou te dar, tome só estas gotas."

"Vão me fazer vomitar de novo."

"Com as gotas você não vai vomitar."

Bebeu com dificuldade a água, teve uma ânsia de vômito, abandonou-se sobre o travesseiro. Senti sua testa, queimava. Pareceu-me insuportável sua pele seca, queimando como um bolo que acabava de sair do forno. Pareceu-me insuportável o martelo de Ilaria, mesmo de longe. Eram golpes enérgicos, reverberavam por toda a casa.

"O que é isso?", perguntou Gianni assustado.

"O vizinho está em reforma."

"Está me incomodando, vai lá falar para ele parar."

"Tudo bem", tranquilizei-o, e depois o forcei a usar o termômetro. Ele aceitou somente porque o abracei forte com os dois braços e o mantive perto de mim.

"Meu menininho", cantei ninando-o, "meu menininho doente que agora vai sarar."

Em poucos minutos, apesar dos golpes persistentes de Ilaria, Gianni adormeceu, mas com as pálpebras não completamente fechadas, uma borda rosada, um fio esbranquiçado entre os cílios. Então esperei mais um pouco, ansiosa pela respiração muito afoita e pela mobilidade das pupilas que se intuía sob as pálpebras, e então tirei o termômetro. O mercúrio disparado para o alto marcando quase quarenta.

Apoiei o termômetro sobre a mesa lateral com desgosto, como se estivesse viva. Coloquei Gianni sobre o lençol, sobre o travesseiro, encarando o furo vermelho da boca, escancarada, como se estivesse morto. Os golpes de Ilaria martelavam-me o cérebro. Voltei a mim, tentei recuperar os estragos da noite, do dia. São os meus filhos, pensava para me convencer, são as minhas criaturas. Mesmo que Mario os tivesse feito com sabe-se lá qual mulher que ele imaginava, mesmo que eu tivesse acreditado ser a Olga fazendo filhos com ele, mesmo que meu marido atribuísse sentido e valor somente a uma menina de nome Carla, outro erro seu, e não reconhecesse em mim nem o corpo, nem a fisiologia que me havia atribuído para poder me amar, me inseminar, mesmo que eu mesma não tivesse sido aquela mulher e nem mesmo — agora eu sabia — a Olga que eu acreditei ter sido, mesmo que, meu deus, fosse somente um conjunto de lados desconexos, uma floresta de figuras cubistas desconhecidas até a mim mesma, aquelas criaturas eram minhas, as minhas criaturas verdadeiras e nascidas do meu corpo, este corpo, eu tinha esta responsabilidade.

Portanto, com um esforço que me custou um cansaço no limite do suportável, me levantei. Eu tenho que me recuperar, que entender. Retomar imediatamente os contatos.

28.

Onde eu havia colocado meu celular? No dia em que o quebrei, onde guardei os pedaços? Fui até o quarto, revirei as gavetas do criado-mudo, estavam lá, eram duas metades violetas, separadas.

Mesmo não sabendo nada da mecânica de um celular, provavelmente por isso mesmo, quis me convencer de que não estava quebrado. Examinei a metade que continha a tela e o teclado, apertei o botão para ligar, nada aconteceu. Talvez, disse, seja suficiente encaixar as duas partes para que volte a funcionar. Tentei um pouco, de forma desordenada. Coloquei no lugar a bateria que tinha saído, tentei encaixar os pedaços. Descobri que as duas partes tinham voado para lados separados, pois a parte central do corpo estava quebrada, lascado o sulco do encaixe. Fabricamos objetos semelhantes aos nossos corpos, um lado complementar ao outro. Ou os projetamos pensando-os unidos como nós nos unimos aos corpos desejados. Criaturas nascidas de uma fantasia banal. Mario — pareceu-me de repente —, apesar do sucesso de seu trabalho, apesar de sua inteligência desperta e de sua competência, era um homem com uma fantasia banal. Talvez por isso mesmo, ele teria sabido devolver ao telefone sua funcionalidade. E dessa forma teria salvado o cão, o menino. O sucesso depende da capacidade de manipular o óbvio com precisão de cálculo. Eu não soube me adaptar, não soube me dobrar até o fim ao olhar do Mario. Tentei. Obtusa como era, fingi ser um ângulo reto, consegui até estrangular minha vocação de passar de uma fantasia a outra. Não foi suficiente, ele foi embora mesmo assim, foi se complementar com mais firmeza em outro canto.

Não, chega. Pensar no celular. Encontrei na gaveta uma fita verde, juntei as duas metades bem apertadas, tentei apertar o botão para ligar. Nada. Esperei alguma forma de magia, tentei ouvir se tinha linha. Nada, nada, nada.

Abandonei o aparelho na cama, cansada pelo martelar de Ilaria. E aí rapidamente me lembrei do computador. Como é possível que não houvesse pensado nisso? Uma falha em como eu fui feita, eu sabia tão pouco, a prova final. Fui até a sala, me movi como se os golpes do martelo fossem uma cortina cinza, uma divisória através da qual precisava abrir um caminho com os braços estendidos, com as mãos tateantes.

Encontrei a menina abaixada golpeando o piso, sempre no mesmo lugar. Eram lacerações insuportáveis, esperava que fossem também para Carrano.

"Posso parar?", perguntou toda suada, com o rosto vermelho, os olhos brilhantes.

"Não, é importante, continue."

"Você faz, eu estou cansada."

"Tenho outra coisa urgente para fazer."

Na minha escrivaninha, agora, não tinha ninguém. Sentei, a cadeira não preservava calor humano nenhum. Liguei o computador, entrei no correio eletrônico, apertei para enviar ou receber e-mails. Tinha a esperança de conseguir me conectar apesar do problema que me impedia de telefonar, esperava que o defeito se limitasse ao telefone, como me disse o funcionário da telefônica. Pensei em enviar pedidos de socorro a todos os amigos e conhecidos que estavam entre os contatos meus e de Mario. Mas o computador tentou se conectar algumas vezes sem sucesso. Procurava a linha com sons longos de desconforto, bufava, cedia. Eu apertava as bordas do teclado, mexia os olhos de um lado para o outro para não sentir a ansiedade, os olhos caíam às vezes sobre o caderno, ainda aberto, sobre as frases frisadas em vermelho: "Onde estou? O que faço? Por quê?". Palavras de Anna, estupidamente motivadas pela suspeita de que seu amante estivesse prestes a traí-la, a deixá-la. Tais tensões sem sentido nos levam a formular perguntas com sentido. O martelo de Ilaria, por pouco, segmentou o fio ansioso dos sons emitidos pelo computador como se uma enguia deslizasse pelo quarto e a menina a quebrasse em pedaços. Resisti o quanto pude, até que eu já não aguentava mais.

"Chega", gritei, "chega de martelar assim!"

Ilaria escancarou a boca pela surpresa, parou.

"Eu te disse que queria parar."

Disse que sim, desanimada. Eu tinha cedido, Carrano não. De nenhuma parte do prédio manifestara-se nenhum sinal de vida. Eu agia sem critério, não conseguia manter a fé em nenhuma estratégia. A única aliada que eu tinha no mundo era aquela menina de sete anos e eu me arriscava sempre a estragar tudo com ela.

Olhei para a tela do computador, nenhum resultado. Levantei e fui abraçar a pequena, emiti um longo gemido.

"Está com dor de cabeça?", ela me perguntou.

"Agora vai passar tudo", respondi.

"Quer que eu faça uma massagem nos olhos?"

"Sim."

Fiquei sentada no chão enquanto Ilaria esfregava cuidadosamente minhas têmporas com os dedos. Eis que me abandonava mais uma vez tanto tempo quanto eu achava que tinha à disposição. Gianni, Otto.

"Vou fazer passar tudo", ela disse. "Está melhor?"

Eu disse que sim.

"Por que você colocou essa pinça no braço?"

Recobrei-me, vi a pinça, havia me esquecido. O pequeno sofrimento que me causava tornou-se parte constitutiva das carnes. Ou seja, inútil. Tirei-a, largando-a no chão.

"Serve para me lembrar. Hoje é um daqueles dias que esqueço tudo, não sei como fazer."

"Eu te ajudo."

"Sério?"

Levantei, peguei da escrivaninha um cortador de papel de metal.

"Segura isso", disse, "e se vir que me distraio, me espeta."

A menina pegou o cortador de papel e me olhou com atenção.

"Como faço para saber se você está distraída?"

"Você vai perceber. Uma pessoa distraída é alguém que não sente cheiros, não ouve palavras, não sente nada."

Mostrou-me o cortador de papel.

"E se você não sentir nem isso?"

"Você me espeta até eu sentir. Agora vem comigo."

29.

Puxei-a comigo até a despensa. Revirei todos os cantos procurando uma corda firme, tinha certeza que tinha uma. Mas, ao contrário, encontrei um rolo de linha para pacotes. Fui até a entrada e uni uma extremidade da linha à curta barra de ferro que havia deixado no chão, em frente à porta blindada. Seguida por Ilaria, voltei à sala, fui até a sacada.

Atropelou-me uma carga de vento quente que tinha acabado de dobrar as árvores deixando para trás um zumbido aborrecido de folhas. Quase me faltou o ar, a camisola curta grudou-se ao meu corpo, Ilaria segurou um pedaço com a mão que estava livre, como se tivesse sentido medo de sair voando. Havia no ar o cheiro denso de hortelã selvagem, de pó, de cortiça queimada ao sol.

Debrucei-me no parapeito, tentei olhar para baixo, na sacada de Carrano.

"Cuidado que você cai", disse Ilaria assustada, puxando-me pela camisola.

A janela estava fechada, não se ouvia nada além do canto de algum pássaro, um estrondo distante de ônibus. O rio era uma pista cinza e vazia. Nenhuma voz humana. Pelos cinco andares, para baixo, para cima, à direita, à esquerda, não consegui notar nenhum sinal de vida. Estiquei os ouvidos para ouvir alguma música de rádio, uma canção, conversas de programas na televisão. Nada, nada próximo, pelo menos nada que se distinguisse do ruído periódico das folhas movidas por aquele vento estranho e quente. Gritei algumas vezes, com uma voz fraca que de resto nunca teve potência alguma:

"Carrano! Aldo! Tem alguém aí? Socorro! Socorro."

Nada aconteceu, o vento cortou-me dos lábios as palavras como se tivesse tentado dizê-las enquanto levava à boca uma xícara com um líquido em ebulição.

Ilaria, agora visivelmente tensa, perguntou:

"Por que precisamos ser ajudadas?"
Não respondi, não sabia o que dizer, só murmurei:
"Não se preocupe, vamos nos ajudar sozinhas."

Passei a barra além do parapeito, baixei-a, pendurada à corda, até que tocou o parapeito da sacada de Carrano. Debrucei-me para tentar entender o quanto estava distante da janela e logo Ilaria abandonou a bainha da camisola e agarrou minha perna nua, senti sua respiração na minha pele ao dizer:

"Eu te seguro mamãe."

Estendi o braço direito o máximo que pude, segurei o barbante com força, entre o polegar e o indicador, e então transmiti um movimento oscilatório rápido à barra com impulsos decididos. A barra começou a se mover pendularmente rente à sacada de Carrano. Como o movimento ia bem, eu inclinava sempre mais meu busto, olhava para a barra como se esta quisesse me hipnotizar, via aquele segmento escuro, acuminado, que ora voava sobre a grama, ora voltava roçando o parapeito do meu vizinho. Logo perdi o medo de cair, aliás, me parecia que minha sacada estivesse distante da rua não muito mais do que o comprimento do barbante. Queria acertar os vidros de Carrano. Queria que a barra os quebrasse e penetrasse em sua casa, na sala em que me recebera durante a noite. Tive vontade de rir. Certamente estava entorpecido na cama num meio-sono, homem à beira da decadência física, de ereções incertas, companheiro ocasional e inadequado para voltar a subir as ladeiras da humilhação. Pensando em como passava seus dias, senti por ele um gesto de desprezo. Sobretudo nas horas mais quentes, o dia devia ser um longo cochilo na penumbra, suado, a respiração ofegante, à espera de ir tocar sabe-se lá com que orquestrazinha meia-boca, sem nenhuma esperança. Lembrei-me da sua língua áspera, o sabor salgado da boca, e acordei somente quando senti a ponta do cortador de papel de Ilaria sobre a pele da minha coxa direita. Boa menina: atenta, sensível. Aquele era o sinal tátil de que eu precisava. Deixei correr o barbante pelos dedos, a barra perdeu-se em grande velocidade no andar abaixo da minha sacada. Ouvi o barulho de vidro quebrado, o barbante arrebentou, vi o ferro rolar sobre o piso da sacada abaixo, bater contra o parapeito, pular de um lado e se jogar no vazio. Caiu por longo tempo, seguido por fragmentos brilhantes de vidro, batendo de andar em andar contra todos os parapeitos das outras sacadas, todas iguais, um segmento preto, sempre menor. Aterrou-se sobre a grama pulando algumas vezes e provocando um tinido distante.

Recuei amedrontada, o abismo do quinto andar reassumiu sua profundidade. Senti Ilaria bem agarrada à minha perna. Esperei a voz rouca do músico, a raiva pelo dano que havia causado. Não houve reação. Voltaram, porém, os pássaros, a onda do vento queimado que atropelava a mim e à menina, minha filha, uma invenção verdadeira da minha carne que me forçava à realidade.

"Você foi corajosa", eu disse.

"Se eu não tivesse te segurado, você tinha caído."

"Não está ouvindo nada?"

"Não."

"Então vamos chamar: Carrano, Carrano, socorro!"

Gritamos juntas, por um longo tempo, mas Carrano continuou a não dar nenhum sinal de vida. Respondeu-nos longamente, ao contrário, um fraco ganido, poderia ser um cão distante, abandonado no verão à beira da estrada, ou Otto, ele mesmo.

30.

Voltar imediatamente à ação, pensar em soluções. Evitar abandonar-se à insensatez do dia, juntar os cacos da minha vida como se estivessem de alguma forma destinados a formar um desenho. Fiz um sinal para que Ilaria me seguisse, sorri. Agora era ela a mulher de espadas, segurava na mão o cortador de papel, os dedos brancos por levar tão a sério sua tarefa.

Onde eu falhei talvez ela dê certo, pensei. Voltamos para a entrada, diante da porta blindada.

"Tenta virar a chave", pedi.

Ilaria passou o cortador de papel da mão direita para a esquerda, esticou o braço, não alcançava a chave. Então abracei-a pela cintura, levantei-a o quanto era necessário.

"Viro por aqui?", perguntou.

"Não, do outro lado."

Mãozinha tenra, dedos de vapor. Tentou, tentou de novo, mas não tinha força o suficiente. Não teria conseguido mesmo que a chave não tivesse emperrado.

Coloquei-a para baixo, ficou desiludida, pois não esteve à altura daquela nova tarefa que dei a ela.

De repente ficou brava comigo.

"Por que você me manda fazer uma coisa que você deveria fazer?", jogou na minha cara com rancor.

"Porque você é melhor do que eu."

"Você não sabe mais abrir a porta?", alarmou-se.

"Não."

"Como aquela vez?"

Olhei-a incerta.

"Que vez?"

"Quando fomos para o campo."

Senti uma pontada no peito. Como conseguia se lembrar, não tinha mais do que três anos.

"Às vezes com as chaves você é realmente boba e nos faz passar a maior vergonha", acrescentou, para esclarecer que se recordava muito bem.

Sacudi a cabeça. Não, eu normalmente tinha uma boa relação com as chaves. Geralmente eu abria as portas com gestos naturais, não sentia a ansiedade do emperro. Mas às vezes, sobretudo diante de fechaduras desconhecidas — o quarto de um hotel, por exemplo —, perdia-me logo e, mesmo me envergonhando, ia e vinha até a recepção, sobretudo quando era uma chave eletrônica. Que ansiedade me provocavam os cartões magnéticos, bastava um pensamento torto, o sentimento de uma possível dificuldade, eis que o gesto perdia sua naturalidade, podia acontecer que eu não conseguisse mais abrir.

As mãos se esqueciam, os dedos não tinham memória da pegada certa, da pressão correta. Como aquela vez. Quando me senti humilhada. Gina, a mãe da pequena traidora Carla, deu-me as chaves de sua casa no campo para que levasse as crianças. Eu fui, Mario estava ocupado, nos alcançaria no dia seguinte. No fim da tarde, depois de algumas horas no carro, nervosa pelo trânsito selvagem do final de semana, pelas crianças brigando sem parar, por Otto ainda filhote que choramingava, cheguei ao destino. Pensei durante toda a viagem como eu estava jogando fora o tempo de forma estúpida, que eu já não conseguia mais ler, que eu não escrevia mais, que não tinha uma vida social que me permitisse meus encontros, conflitos, simpatias. Que fim tinha levado a mulher que eu tinha imaginado ser quando era adolescente? Eu invejava Gina, que naquela época trabalhava com Mario. Sempre tinham coisas para discutir, meu marido falava mais com ela do que comigo. E já me incomodava um pouco Carla, que parecia tão segura do seu destino e às vezes arriscava até alguma crítica, dizia que eu me dedicava demais aos filhos, à casa, louvava meu primeiro livro, exclamava: se fosse você, pensaria, sobretudo, na vocação. Não só era linda, mas havia sido criada por uma mãe na perspectiva certa de um futuro brilhante. Parecia-lhe natural meter a colher em tudo, mesmo tendo somente quinze anos, muitas vezes queria me dar uma lição e cuspia sentenças sobre coisas das quais nada entendia. Sua voz já me deixava nervosa.

Tinha estacionado na eira, agitada pelos meus próprios pensamentos. O que eu estava fazendo lá com duas crianças e um cachorrinho? Fui até a porta para tentar abrir. Mas não consegui e mesmo tendo tentado e tentado de novo — enquanto isso se fazia noite, Gianni e Ilaria reclamavam do cansaço e de fome — eu não consegui. Mas não quis telefonar para Mario, por orgulho, por soberba, para não impor a ele que viesse até lá me ajudar num dia duro de trabalho. As crianças e o pequeno Otto comeram os biscoitos, dormiram no carro. Eu tentei de novo, tentei uma vez e de novo, os dedos cansados, entorpecidos, até que desisti, me sentei no degrau e deixei que o peso da noite passasse por cima de mim.

Pela manhã chegou Mario, às dez horas. Mas não sozinho. Com ele, de surpresa, estavam também as donas da casa. O que tinha acontecido, por quê, por que não me telefonou. Expliquei-me gaguejando, furiosa porque meu marido, não se sentindo à vontade, brincava sobre minha inadequação, retratava-me como uma mulher com muita fantasia que não consegue se virar com as coisas práticas, uma burra em suma. Houve — lembro — um longo olhar entre mim e Carla, que me parecia um olhar de cumplicidade, de compreensão, como se quisesse dizer: rebele-se, diga como estão as coisas, diga que é você quem encara todos os dias a vida prática, as obrigações, o peso das crianças. Aquele olhar me surpreendeu, mas evidentemente eu não tinha entendido seu verdadeiro significado. Ou talvez tivesse entendido, era o olhar da menina que se perguntava como deveria tratar aquele homem sedutor, se estivesse no meu lugar. Enquanto isso Gina tinha enfiado a chave na fechadura e tinha aberto a porta sem nenhum problema.

Voltei a mim, senti a ponta do cortador de papel sobre a pele do braço esquerdo.

"Você se distraiu", disse Ilaria.

"Não, eu só estava pensando que você tem razão."

"Razão de quê?"

"Razão. Por que eu não consegui abrir aquela porta, aquela vez?"
"Eu te disse, porque às vezes você é boba."
"Sim."

31.

Sim, eu era boba. Os canais dos sentidos estavam fechados, não escorria mais o fluxo da vida desde sabe-se lá quando. Que erro tinha sido fechar o significado da minha existência nos rituais que Mario me oferecia com um prudente sentimento conjugal. Que erro ter entregue o sentido de mim mesma às suas gratificações, aos seus entusiasmos, ao percurso sempre mais frutífero da sua vida. Que erro, sobretudo, crer que não poderia viver sem ele, quando havia tempo que nada me dava certeza de que estivesse viva com ele. Onde estava sua pele sob os dedos, por exemplo, onde o calor da sua boca? Se eu tivesse me perguntado a fundo — e sempre evitei fazê-lo — teria admitido que meu corpo, nos últimos anos, tinha sido realmente receptivo, realmente acolhedor, somente em ocasiões obscuras, pura eventualidade: o prazer de ver e rever algum conhecido ocasional que tinha prestado atenção, louvado minha inteligência, meu talento, tinha roçado minha mão com admiração; um sobressalto de alegria imprevista por um encontro inesperado na rua, um companheiro de trabalho de outros tempos; as disputas verbais, ou os silêncios, com um amigo de Mario que dava a entender que queria mesmo ser meu amigo, o contentamento por certas atenções ambíguas que me dirigiam em algumas ocasiões, talvez sim talvez não, mais sim do que não se eu quisesse, se tivesse telefonado com a desculpa certa no momento certo, acontece não acontece, o coração disparado por eventos com saídas imprevisíveis.

Talvez devesse ter ido por aí, quando Mario me disse que queria me deixar. Teria de me dar conta do fato de que a figura cativante de um homem quase estranho, um homem do acaso, um "talvez" a ser desemaranhado, mas gratificante, seria capaz de dar sentido, digamos, a um cheiro fugaz de gasolina, ao tronco cinzento de um plátano urbano, e fixar para sempre naquele lugar fortuito do encontro um sentimento intenso de júbilo, uma espera, enquanto nada, nada de Mario tinha ainda esse movimento de terremoto, e cada gesto tinha somente o poder de ser colocado no lugar certo, na mesma rede segura, sem desvio, sem desmedida. Se tivesse partido desse lugar, daquelas minhas emoções secretas, talvez tivesse entendido melhor por que ele tinha ido embora e por que eu, que à desordem ocasional do sangue sempre opus a estabilidade da nossa ordem de afetos, agora sentia de forma tão violenta o pesar da perda, uma dor intolerável, a ansiedade de cair para fora da malha de certezas e ter de aprender outra vez a vida sem a segurança de saber fazê-lo.

Aprender outra vez a virar uma chave, por exemplo. Seria possível que Mario, indo embora, tivesse me arrancado das mãos aquela habilidade? Seria possível que houvesse começado a fazer isso aquela vez no campo, quando seu abandono feliz entre duas estranhas começou a me dilacerar por dentro, a arrancar-me dos dedos a capacidade de preensão? Seria possível que o descompensamento e a dor começaram naquele momento, enquanto ele sondava sob os meus olhos a felicidade da sedução e eu reconhecia em seu rosto um prazer que eu mesma havia tocado muitas vezes, mas que sempre detive por medo de destruir as garantias dadas pela nossa relação?

Ilaria pontualmente me pinçou, algumas vezes acho, de forma dolorida, tanto que reagi sobressaltada e ela se retraiu exclamando:

"Você me disse pra te espetar!"

Disse que sim, tranquilizei-a com um gesto, com a outra mão esfreguei o tornozelo que ela havia machucado. Tentei mais uma vez abrir a porta, mas não consegui. Então me abaixei, examinei de perto a chave. Reencontrar a marca dos velhos gestos era errado. Eu precisava desarticulá-los. Sob o olhar estupefato de Ilaria aproximei a boca da chave, experimentei com os lábios, senti o cheiro de plástico e metal. Então segurei firme com os dentes e tentei girá-la. Fiz isso com um movimento repentino, como se quisesse surpreender o objeto, impor-lhe um novo estatuto, uma subordinação distinta. Agora vamos ver quem é que vai conseguir, pensei, enquanto invadia-me a boca um sabor pastoso, salgado. Mas não houve efeito algum, senão a impressão de que o movimento rotatório que dava à chave com os dentes, não conseguindo agir sobre ela, se manifestasse em meu rosto, estivesse abrindo-o como faz um abridor de lata e fosse a arcada dentária a se mexer, a se desconjuntar do fundo do rosto, a se arrastar atrás do septo nasal, uma sobrancelha, um olho, mostrando o interior viscoso da cabeça, da garganta.

Afastei imediatamente a chave da boca, me pareceu que meu rosto se pendurava todo de um lado só, como a serpentina de uma laranja depois de a faca tê-la descascado parcialmente. O que mais posso tentar? Deitada de costas, sentir o chão frio. Esticar as pernas nuas contra os painéis da porta blindada, fechar as plantas dos pés ao redor da chave, acomodar sua ponta hostil na pele dos meus calcanhares para tentar capturar novamente o movimento necessário. Sim, não, sim. Por algum tempo segurei o desespero, que queria me trabalhar a fundo, fazer-me metal, batente, engrenagem, feito um artista que opera diretamente no corpo. Depois senti a coxa esquerda, sobre o joelho, uma laceração dolorida. Gritei, entendi que Ilaria havia me ferido com profundidade.

32.

Vi que recuou assustada com o cortador de papel na mão direita.

"Você está louca?", eu disse virando-me de repente com um movimento feroz.

"Você não me ouve", gritou Ilaria, "eu chamo e você não me ouve, você faz coisas horríveis, torce os olhos, eu vou contar para o papai."

Olhei para o corte profundo sobre o joelho, o fio de sangue. Arranquei dela o cortador de papel, joguei-o, próximo à porta aberta da despensa.

"Chega desse jogo", eu disse, "você não sabe jogar. Agora vai ficar aqui boazinha, sem se mexer. Estamos trancadas por dentro, somos prisioneiras, e seu pai nunca virá nos salvar. Olha o que você me fez."

"Você merece muito mais", rebateu com os olhos brilhando pelas lágrimas.

Tentei me acalmar, respirei fundo.

"Não vai chorar, não ouse começar a chorar..."

Eu não sabia o que dizer, o que fazer, naquele ponto. Parecia que eu tinha tentado tudo, não me sobrava mais nada além de conferir claros contornos à situação e aceitá-la.

Disse exibindo uma falsa capacidade de dar ordens:

"Temos dois doentes em casa, Gianni e Otto. Você agora, sem chorar, vai ver como está seu irmão, eu vou ver como está o Otto."

"Preciso ficar com você e te espetar, você me pediu."

"Errei, Gianni está sozinho, preciso de alguém que verifique sua temperatura, que coloque as moedinhas refrescantes sobre a testa, não posso fazer tudo sozinha."

Empurrei-a pela sala e ela se rebelou:

"Mas, se você se distrair, quem irá te espetar?"

Olhei para o longo corte na perna do qual continuava a sair uma linha densa de sangue.

"Você de vez em quando me chama, por favor. Será o suficiente para que eu não me distraia."

Pensou por um momento, e disse:

"Mas seja rápida, com Gianni eu fico entediada, ele não sabe brincar."

dias de abandono

Aquela última frase me provocou dor. Foi com aquela lembrança explícita do jogo que entendi que Ilaria não queria mais brincar, que começava a se preocupar seriamente comigo. Se eu tinha responsabilidade por dois doentes, ela começava a perceber que os doentes que pesavam sobre ela eram três. Coitada da minha pequena. Sentia-se sozinha, esperava em segredo um pai que não chegaria, já não conseguia mais manter dentro dos limites do jogo a confusão daquele dia. Sentia em mim sua angústia, somava-a à minha. Como tudo é mutável, como tudo existe sem pontos fixos. A cada passo que eu dava até o quarto de Gianni, até o quarto de Otto, temia me sentir mal, oferecer-lhe sabe-se lá que espetáculo de entrega. Eu precisava manter o bom senso e a clareza da memória, os dois caminham juntos, um binômio da saúde.

Empurrei a menina no quarto, dei uma olhada no menino que ainda dormia e saí trancando a porta a chave com um gesto nítido, com grande naturalidade. Embora Ilaria protestasse, me chamasse, batesse as mãos sobre a porta, ignorei-a e fui até o quarto onde Otto estava deitado. Eu não sabia o que estava acontecendo com o cachorro, Ilaria amava-o profundamente, não queria que assistisse a cenas horríveis. Protegê-la, sim, a verdade dessa preocupação me fez bem. Que o plano frio de tutelar meus filhos se transformasse, aos poucos, numa necessidade imprescindível, na principal preocupação, pareceu-me um bom sinal.

No quarto do cão, sob a escrivaninha de Mario, agora havia o cheiro ruim da morte. Entrei cautelosamente, Otto estava imóvel, não se movera um milímetro. Abaixei-me a seu lado, sentei no chão.

Antes de tudo vi as formigas, chegaram até lá, exploravam o território lamacento que aflorava no dorso do cão pastor. Mas Otto nem percebia. Estava acinzentado, uma ilha descolorida com seu hálito do fim. O focinho parecia ter corrompido, com a saliva esverdeada da boca, o material do piso, e parecia afundar-se nele. Os olhos estavam fechados.

"Me perdoa", eu disse a ele.

Passei a palma da mão sobre o pelo do pescoço, sobressaltou-se, abriu a boca, emitiu um resmungo ameaçador. Queria ser perdoada por alguma coisa que pudesse ter feito. Puxei-o até mim, apoiei sua cabeça sobre minhas pernas. Emanava um calor doentio que entrava em meu sangue. Só mexeu as orelhas, o rabo. Pensei que talvez fosse um sinal de bem-estar, até a respiração me pareceu menos truncada. As largas manchas de baba reluzente que, como um esmalte, alargavam-se ao redor da borda negra da boca pareciam se esfriar, como se não tivessem mais necessidade de produzir aqueles humores do sofrimento.

Como é insuportável o corpo de um ser vivo que combate contra a morte, ora parece vencer, ora parece perder. Ficamos assim não sei por quanto tempo. A respiração do cão às vezes se acelerava como quando estava bem e se debatia com vontade de brincar, de correr lá fora, de ser compreendido e ter carinho, às vezes era imperceptível. Mesmo o corpo alternava momentos de tremedeira e espasmos com momentos de imobilidade absoluta. Senti os resíduos de sua potência se esvaírem aos poucos, pareceu-me um gotejar de imagens passadas: a fuga nos crepúsculos reluzentes da água pulverizada pelos regadores do parque, o vasculhar curioso pelas moitas, seu jeito de me seguir pela casa quando esperava que lhe desse comida. Aquela proximidade da morte real, aquela ferida aberta do seu sofrimento, de imprevisto, inesperadamente, me fez sentir vergonha da minha dor dos últimos meses, daquele dia carregado pelo irreal. Senti a distância que voltava à ordem, a casa reconjuntava seus espaços, a solidez do piso, o dia quente que se distendia sobre todas as coisas, uma cola transparente.

Como pude me abandonar daquele jeito, desintegrar assim meus sentidos, o sentido de estar viva? Acariciei as orelhas de Otto e ele abriu os olhos descoloridos e me olhou. Vi seu olhar de cão amigo que, em vez de me acusar, pedia desculpas por sua condição. Depois uma dor intensa do corpo escureceu-lhe as pupilas, mostrou os dentes e me latiu sem ferocidade. Logo depois morreu no meu colo e comecei a chorar um choro irrefreável, incomparável com qualquer outro choro daqueles dias, daqueles meses.

Quando meus olhos se secaram e também os últimos soluços morreram em meu peito, percebi que Mario havia se tornado novamente o bom homem que talvez sempre fora, que eu já não o amava mais.

33.

Apoiei a cabeça do cão no piso, levantei-me. Voltou lentamente também a voz de Ilaria me chamando, logo depois se juntou a voz de Gianni. Olhei a meu redor, vi as fezes pretas de sangue, as formigas, o corpo morto. Saí do cômodo, peguei logo um balde, um pano. Abri as janelas, limpei o quarto rapidamente e com eficiência. Gritei várias vezes para as crianças:

"Só um momento, já vou."

Pareceu-me horrível que Otto ficasse ali, não queria que as crianças o vissem. Tentei levantá-lo, não tinha forças. Peguei-o pelas patas posteriores e puxei-o pelo chão até a sala, até a sacada. Como pesa um corpo que foi atravessado pela morte, a vida é leve, não se pode permitir a ninguém fazê-la pesar. Olhei por um momento o pelo do cão movido pelo vento, depois entrei, e apesar do calor, fechei cuidadosamente a janela.

A casa estava silenciosa, parecia-me pequena agora, recolhida, sem cantos escuros, sem sombras, tornava-se quase alegre pelas vozes das crianças que me chamavam brincando entre elas, rindo. Ilaria dizia mamãe com voz de soprano, Gianni repetia mamãe com voz de tenor.

Fui correndo até eles, abri a porta com um gesto seguro, disse alegremente:

"Aqui está a mamãe."

Ilaria se jogou em cima de mim, me bateu algumas vezes, tapas nas pernas.

"Você não deveria ter me fechado aqui dentro."

"Tem razão, desculpa. Mas eu já abri."

Sentei-me na cama de Gianni, sua febre certamente baixava, tinha o ar de quem não vê a hora de voltar a brincar com a irmã, gritos, risadas, brigas furiosas. Senti sua testa, as gotas fizeram efeito, a pele estava morna, levemente suada.

"Ainda está com dor de cabeça?"

"Não. Estou com fome."

"Preparo um pouco de arroz."

"Não gosto de arroz."

"Eu também não," acrescentou Ilaria.

"O arroz que eu faço é muito gostoso."

"Onde está Otto?," perguntou Gianni.

Hesitei.

"Está lá, dorme, deixem-no em paz."

E quase acrescentei alguma outra coisa sobre a grave doença do cão, algo que os preparasse para a desaparição dele em suas vidas, quando, inesperadamente, ouvi a descarga elétrica da campainha.

Ficamos os três quase suspensos, sem nos mover.

"Papai", murmurou Ilaria, cheia de esperanças.

Disse:

"Não creio, não é o papai. Fiquem aqui, vocês estão proibidos de se mexerem, vocês vão ver se saírem do quarto. Vou abrir."

Reconheceram meu tom de sempre, decidido porém irônico, palavras excessivas de propósito para situações mínimas. Eu também o reconheci, aceitei, eles aceitaram.

Atravessei o corredor, cheguei até a entrada. Seria possível que Mario realmente tivesse se lembrado de nós? Tinha passado para ver como estávamos? A pergunta não me suscitou emoção alguma, pensei somente que teria gostado de ter alguém com quem falar.

Olhei pelo olho mágico. Era Carrano.

"O que você quer?", perguntei.

"Nada. Só queria saber como você está. Saí hoje cedo para ver minha mãe e não quis te atrapalhar. Mas agora voltei, encontrei o vidro quebrado. Aconteceu alguma coisa?"

"Sim."

"Você precisa de ajuda?"

"Sim."

"E não pode me abrir, por favor?"

Eu não sabia se podia, mas não o disse. Estendi a mão até a chave, peguei-a decididamente entre os dedos, movia-a só um pouco, senti-a dócil. A chave virou com facilidade dentro da fechadura.

"Oh, que bom", murmurou Carrano, observando-me com vergonha, e então trouxe à frente, por trás das costas, uma rosa, uma única rosa de caule longo, uma ridícula rosa oferecida com um gesto ridículo por parte de um homem que me desagrada.

Peguei-a, agradeci sem sorrir, disse:

"Tenho um trabalho sujo para você."

34.

Carrano foi gentil. Enrolou Otto em um plástico que tinha em seu depósito, carregou-o até seu automóvel e, depois de ter deixado comigo seu celular, foi enterrá-lo fora da cidade.

Telefonei imediatamente ao pediatra e tive sorte, encontrei-o mesmo sendo agosto. Enquanto lhe contava em detalhes os sintomas do menino, me dei conta de que meu pulso batia com força, tão forte que tive medo de que o médico pudesse ouvir o barulho pelo celular. O coração voltava a se encher no peito, já não estava mais vazio.

Falei sinteticamente com o médico, esforçando-me para ser precisa, e, no entanto, andei pela casa, testei a conexão dos espaços tocados pelos objetos, e a cada leve contato com um brinquedo, uma gaveta, o computador, os livros, os cadernos, a maçaneta da porta, repetia: o pior já passou.

O pediatra me ouviu em silêncio, me tranquilizou dizendo que não havia motivos para me preocupar com Gianni, disse que passaria para vê-lo à noite. Então tomei um longo banho frio, as agulhas de água picaram-me a pele, senti toda a soturnidade dos meses, das horas passadas. Vi os anéis que tinha deixado, ao acordar, na borda da pia e coloquei no dedo aquele com a água-marinha, enquanto, sem hesitar, deixei cair na privada a aliança. Examinei a ferida que Ilaria me fez com o cortador de papel, desinfetei-a, cobri com uma gaze. Comecei também, com calma, a separar as roupas coloridas das brancas, liguei a lavadora. Queria a certeza plana dos dias normais, mesmo sabendo bem que no corpo perdurava um movimento frenético e outro, uma rápida aparição, como se tivesse visto no fundo de um buraco um horrível inseto venenoso e cada parte de mim estivesse ainda se retraindo e agitando os braços, as mãos, as pernas. Preciso aprender de novo — disse — o passo tranquilo de quem acha que sabe aonde está indo e por quê.

Concentrei-me então nas crianças, era preciso informá-las de que o cão havia morrido. Escolhi com cuidado as palavras, procurei o tom certo das fábulas, mas Ilaria chorou longamente de qualquer modo e Gianni, mesmo limitando-se num primeiro momento a expressar um ar turvo e dizer, com visível eco de sentimentos ameaçadores, que era preciso avisar Mario, logo depois voltou a reclamar da dor de cabeça, da náusea.

Eu ainda tentava consolar os dois quando Carrano voltou. Deixei-o entrar, mas tratei-o friamente, embora seu comportamento tivesse sido de grande ajuda. As crianças, em outro quarto, não paravam de me chamar. Convencidas como estavam de que fora ele que envenenara o cão, não queriam que ele colocasse os pés em casa, muito menos que eu falasse com ele.

Eu mesma tive um impulso de repulsa quando senti nele um cheiro de terra remexida, e ao seu tom timidamente íntimo respondi com monossílabos que pareciam gotas parcas caídas de uma torneira quebrada.

Tentou informar-me sobre a sepultura do cão, mas como não me mostrei interessada na localização da vala, nem nos detalhes da triste incumbência, como a chamou, e aliás de vez em quando o interrompia gritando para Gianni e Ilaria: quietos, já vou, sentiu-se envergonhado e logo terminou. Para cobrir os gritos das crianças que atrapalhavam começou a falar de sua mãe, dos problemas que ele tinha por causa dos cuidados com sua velhice. Continuou até que eu disse que os filhos com mães longevas têm o azar de não saber realmente o que é a morte e, portanto, de nunca emancipar-se. Ficou triste, despediu-se com claro mal-estar.

Durante o dia não tentou ver-me outra vez. Deixei que sua rosa secasse num vaso sobre a minha escrivaninha, aquela penosamente privada de flores desde os tempos distantes em que Mario me presenteava a cada aniversário com uma orquídea que imitava a de Swann, personagem de Proust. Naquela noite a corola já estava escura e reclinava-se sobre o caule. Joguei-a no lixo.

O pediatra chegou após o jantar, um senhor de idade, magérrimo, muito simpático com as crianças, pois, normalmente, enquanto os atendia, fazia reverências contínuas, tratando-as de senhor Giovanni, senhorita Illi.

"Senhor Giovanni", disse, "mostre-me imediatamente a língua."

Examinou o menino cuidadosamente e atribuiu o motivo do mal-estar a um vírus de verão que provocava distúrbio intestinal. Não excluiu, porém, que Gianni tivesse comido algo estragado, um ovo, por exemplo, ou — me disse depois na sala, em voz baixa — que poderia ter reagido assim a uma grande tristeza.

Enquanto estava sentado à escrivaninha e se preparava para escrever uma receita, contei-lhe calmamente, como se entre nós houvesse o hábito de trocar confidências daquele tipo, sobre a ruptura com Mario, a morte de Otto. Ouviu-me com atenção e paciência, sacudiu a cabeça desaprovando e prescreveu fermentos lácteos e carinhos para as duas crianças, chá de normalidade e descanso para mim. Prometeu que voltaria em alguns dias.

35.

Dormi por muito tempo, profundamente.

A partir da manhã seguinte cuidei muito bem de Ilaria e Gianni. Desde que tive a impressão de que me observavam atentamente para entender se estava me tornando novamente sua mãe de sempre ou se precisavam esperar novas e imprevistas transformações, fiz de tudo para tranquilizá-los. Li livros de fábulas, brinquei com jogos entediantes por horas, exagerei uma expressão minha de alegria com a qual mantinha a distância os vômitos de desespero. Nenhum dos dois, talvez em comum acordo, falou do pai, nem mesmo para relembrar de contar a ele sobre a morte de Otto. Fiquei ansiosa pensando que evitassem fazê-lo porque temiam me ferir e me levar a sair novamente dos trilhos. Comecei eu, então, a falar de Mario contando velhas histórias divertidas em que ele tinha sido muito divertido ou tinha demonstrado imaginação e perspicácia empreendendo coisas aventurosas. Não sei que impressão essas histórias causaram neles, claro que as ouviram atentos, às vezes sorriram divertidos. A mim causaram somente um incômodo. Enquanto falava, senti que me chatearia receber de novo Mario entre as minhas lembranças.

Quando o pediatra voltou para outra consulta, viu Gianni em boa forma, curado por completo.

"Senhor Giovanni", disse, "o senhor está rosado, tem certeza de que não se tornou um porquinho?"

Na sala, depois de ter verificado que as crianças não me ouviam, perguntei a ele, para esclarecer para mim mesma até que ponto deveria me sentir culpada, se poderia ter feito mal a Gianni um inseticida que espalhei pela casa para combater as formigas, durante a noite. Ele excluiu essa possibilidade, me mostrou como Ilaria não tinha sofrido nenhum tipo de mal-estar.

"Mas e o nosso cachorro?", perguntei mostrando-lhe a latinha de spray amassada e sem o bico para borrifar o veneno.

Examinou-a, mas pareceu perplexo, concluiu que não estava apto a dar um parecer. No final voltou para o quarto das crianças e se despediu dizendo após uma reverência:

"Senhorita Illi, senhor Giovanni, é com grande pesar que me retiro. Espero que vocês fiquem doentes em breve, para que possa revê-los."

As crianças se tranquilizaram com aquele tom. Por dias continuamos a fazer reverências uns aos outros chamando-nos senhor Giovanni, senhora mamãe, senhorita Illi. Enquanto isso, para consolidar ao redor deles um clima de tranquilidade, tentei voltar aos gestos de sempre, como um doente que esteve por muito tempo no hospital e, também para superar o medo de adoecer novamente, deseja ancorar-se novamente à vida dos sadios. Voltei a cozinhar esforçando-me para conquistá-los com novas receitas. Voltei a picar, dourar, salgar. Comecei até a fazer doces, mas não tinha vocação alguma para os doces, não tinha habilidade.

36.

Não estive sempre à altura da aparência amável e eficiente que queria ter. Alguns sinais ressoavam como um alarme. Eu ainda me esquecia das panelas no fogo e não sentia o cheiro de queimado. Sentia uma náusea desconhecida pelas manchas esverdeadas de salsinha misturadas às peles vermelhas dos tomates, boiando na água engordurada da pia entupida. Eu não soube recuperar a antiga desenvoltura em relação aos restos grudentos de comida que as crianças deixavam na toalha, no piso. Às vezes ralava o queijo e o gesto se tornava tão mecânico, tão distante e independente, que o metal cortava-me as unhas, a pele dos dedos. Além disso — coisa que nunca tinha feito — trancava-me várias vezes no banheiro e dedicava ao meu corpo longos exames, obsessivos, detalhados. Apalpava meus seios, escorregava com os dedos nas dobras da carne que se enroscavam sobre minha barriga, examinava no espelho meu sexo para entender se estava envelhecido, verificava se me crescia uma papada, se o lábio superior mostrava rugas. Temia que o esforço que tinha feito para não me perder tivesse me envelhecido. Parecia que meus cabelos estavam mais ralos, os brancos aumentaram, precisava tingi-los, estavam oleosos e eu os lavava sempre, secando-os com mil cuidados.

Mas eram, sobretudo, as imagens imperceptíveis da mente, as sílabas escassas, que eu temia. Bastava um pensamento e eu não conseguia me lembrar, um simples movimento sinuoso violáceo de significados, um hieróglifo verde do cérebro, para que reaparecesse o mal-estar e voltasse dentro de mim o pânico. Assustava-me que em certos cantos da casa voltassem, de repente, sombras densas demais e úmidas, com seus zumbidos, movimentos rápidos de massas escuras. Então me via ligando e desligando a televisão mecanicamente, somente para ter companhia, ou cantarolava uma canção de ninar no dialeto da infância, ou sentia uma pena insuportável pela vasilha vazia de Otto ao lado da geladeira, ou ainda tomada por um sono sem motivo me via deitada no sofá a acariciar-me os braços marcando-os levemente com o corte das unhas.

Por outro lado me ajudou muito, naquela fase, descobrir que ainda tinha capacidade para as boas maneiras. O linguajar obsceno desapareceu de uma hora para outra, não me senti mais levada a usá-lo, tive vergonha de tê-lo feito. Recuei para uma língua livresca, estudada, um pouco confusa, porém dava-me segurança e distância. Voltei a controlar o tom da minha voz, as raivas depositaram-se no fundo, pararam de carregar as palavras. Consequentemente as relações com o mundo externo melhoraram. Consegui, com a teimosia da gentileza, consertar o telefone e descobri até que o antigo celular poderia ser arrumado. Um jovem atendente de uma loja que encontrei milagrosamente aberta mostrou-me como era fácil consertá-lo, poderia tê-lo até feito sozinha.

Para sair do isolamento, comecei a fazer alguns telefonemas. Queria repescar alguns conhecidos que tinham filhos com idade próxima a Gianni e a Ilaria e combinar umas férias, até de um ou dois dias, que pudessem ressarci-los, de alguma forma, por aqueles meses sombrios. De ligação em ligação me dei conta de que tinha uma grande necessidade de destravar a carne endurecida com sorrisos, palavras, gestos cordiais. Retomei relações com Lea Farraco e reagi com muita desenvoltura quando ela uma vez me visitou com o ar cauteloso de quem tinha algo urgente e delicado para me dizer. Deu voltas, como sempre, e eu tentei apressá-la, mas não demonstrei ansiedade. Depois que ela se certificou que eu não teria explodido, me aconselhou a ser razoável, disse que uma relação pode terminar, mas nada pode privar um pai de seus filhos ou os filhos do pai e coisas assim. Até que concluiu:

"Você deveria marcar alguns dias em que Mario pudesse ver as crianças."

"Foi ele que te mandou?", perguntei sem agressividade.
Com mal-estar admitiu que sim.
"Diga a ele que quando quiser vê-los é só telefonar."
Sabia que precisava encontrar o tom certo com Mario para nossas relações futuras, se não por outro motivo, por Gianni e Ilaria, mas eu não tinha vontade, preferia não vê-lo nunca mais. À noite, depois daquele encontro e antes de dormir, senti que dos armários ainda saía seu cheiro, também da gaveta da mesa de cabeceira, das paredes, da sapateira. Nos meses passados aquele sinal do olfato me provocou saudade, desejo, raiva. Agora eu o associava à agonia de Otto e não me comovia mais. Descobri que se tornou como a memória do cheiro de um macho envelhecido que no ônibus esfregou na nossa pele as vontades da sua carne morrente. A coisa me incomodou, me deprimiu. Esperei que aquele homem que tinha sido meu marido reagisse à mensagem que lhe enviei, mas sem tensões, só resignação.

37.

Meu tormento foi por muito tempo Otto. Fiquei muito brava quando uma tarde peguei Gianni fechando a coleira do cão no pescoço de Ilaria e, enquanto ela latia, gritava para ela puxando a guia: boazinha, pra caminha, vou te dar um chute se não parar. Sequestrei a coleira, a guia, a focinheira e me tranquei no banheiro, muito agitada. Lá, porém, com um movimento imprevisto, como se a intenção fosse experimentar no espelho uma decoração punk tardia, tentei fechar a coleira no pescoço. Quando me dei conta do gesto, comecei a chorar e corri para jogar tudo no lixo.

Numa manhã de setembro, enquanto as crianças brincavam no jardim pedregoso e às vezes brigavam com outras crianças, parecia-me ver nosso cão, exatamente ele, passeando rápido. Eu estava sentada num banco à sombra de um grande carvalho, pouco distante de uma fonte cujos jatos permanentes matavam a sede das pombas, entre lascas de água que saltavam sobre a plumagem. Escrevia sobre as minhas coisas com grande dificuldade e tinha uma lábil percepção do lugar, sentia somente o murmúrio da fonte, a cascatinha entre as rochas, a água em meio às plantas aquáticas. Num momento, com o canto dos olhos, vi a sombra longa e fluida de um cão pastor que atravessava a grama. Por poucos segundos tive certeza de que fosse Otto que voltava da ilha dos mortos e pensei que de novo algo estivesse se decompondo dentro de mim, tive medo. Na verdade logo percebi que aquele cachorro, um animal desconhecido, não tinha nenhum verdadeiro ponto de contato com o nosso cão desgraçado, queria fazer somente o que ele fazia frequentemente após uma longa corrida pelo prado: beber. Foi até a fonte, causou a fuga das pombas, latiu para as vespas que voavam próximas ao esguicho d'água e quebrou com a língua roxa, avidamente, o jorro luminoso do cano. Fechei o caderno, fiquei olhando, me comovi. Era um pastor mais forte, mais gordinho do que Otto. Pareceu-me até ter uma índole não tão boa, mesmo assim me enterneci. As pombas voltaram a brincar sob o jato d'água.

Durante a tarde procurei o telefone do veterinário, o tal Morelli, onde Mario levava Otto quando precisava. Nunca o conheci, mas meu marido sempre falou dele com entusiasmo, era o irmão de um professor da Escola Politécnica com quem mantinha relações de trabalho e amizade. Telefonei a ele, foi muito cordial. Tinha uma voz profunda, quase recitativa, como aquela dos atores nos filmes. Disse-me para passar no ambulatório no dia seguinte. Deixei as crianças com conhecidos e fui.

O veterinário administrava uma clínica para animais, o letreiro em neon azul ficava aceso dia e noite. Desci por uma escada e cheguei a um pequeno átrio com cheiro muito forte, bem iluminado.

Fui recebida por uma garota morena que me disse para esperar numa salinha lateral: o doutor estava operando.

Na salinha havia várias pessoas na espera, algumas com cachorro, outras com gato, até uma mulher de uns trinta anos que tinha no colo um coelho preto e o acariciava continuamente com um movimento mecânico da mão. Passei o tempo estudando um mural com propostas de acasalamento entre animais de nobre estirpe alternadas com descrições detalhadas de cães e gatos desaparecidos. De vez em quando chegava gente em busca de notícias de um animal amado: um perguntava do gato internado para exames, outro do cachorro que fazia quimioterapia, uma senhora sofria pelo seu poodle em agonia. Naquele lugar a dor atravessava o frágil limiar do humano e expandia-se sobre o vasto mundo dos animais domésticos. Senti uma leve vertigem e me vi coberta por um suor frio quando reconheci no cheiro estagnado do ambiente o cheiro do sofrimento de Otto, a suma de coisas desagradáveis que agora me sugeria. Logo as responsabilidades que eu temia ter em relação à morte do cão aumentaram, parecia-me ter sido cruelmente avoada, cresceu o sentimento de mal-estar. Nem a TV ligada num canto, que transmitia as últimas terríveis notícias sobre os fatos dos homens, conseguiu atenuar o sentimento de culpa.

Demorou mais de uma hora para que ele me recebesse. Não sei por quê, mas imaginei que me veria diante de um energúmeno gordo com o jaleco ensanguentado, as mãos peludas, o rosto largo e cínico. Ao contrário, fui acolhida por um homem alto com uns quarenta anos, simples, um rosto agradável, olhos azuis e cabelos loiros sobre a testa larga, limpo em cada canto do corpo e da mente, como parecem dar a impressão de serem os médicos, e ainda mais com o jeito de um cavalheiro que cultivava sua alma melancólica enquanto o velho mundo caía a seu redor.

O doutor ouviu com atenção minha descrição da agonia da morte de Otto. Interrompeu-me só uma vez ou outra para me sugerir o termo científico que tornava sua escuta mais confiável em relação a meu léxico abundante e impressionista. Sialorreia. Dispneia. Aderência muscular. Incontinência fecal e urinária. Convulsões e ataques epilépticos. No final concluiu que o que matou Otto foi certamente estricnina. Não excluiu completamente o inseticida, sobre o qual eu insisti muitas vezes, mas pareceu cético. Pronunciou alguns termos obscuros tipo diazinon e carbaryl, depois sacudiu a cabeça, concluiu:

"Não, eu diria realmente estricnina."

Com ele também, como com o pediatra, senti aquele dia o impulso de contar sobre a situação borderline em que me encontrava e de usar as palavras corretas, isso me tranquilizava. Ouviu sem demonstrar impaciência, olhou-me fixamente nos olhos com um olhar atento. Disse-me no final, com um tom pacato:

"A senhora não tem nenhuma culpa, a não ser o fato de ser uma mulher muito sensível."

"Excesso de sensibilidade também pode ser uma culpa", eu respondi.

"A verdadeira culpa é a insensibilidade de Mario", respondeu, mostrando-me com o olhar que entendia bem as minhas razões e via como insossas aquelas do seu amigo. Acrescentou também alguma fofoca sobre manobras oportunistas que meu marido estava fazendo para obter não sei que trabalho, coisas que ele soube através do seu irmão. Eu me surpreendi, não conhecia aquele aspecto de Mario. O doutor sorriu com dentes enfileiradíssimos e acrescentou:

"Ah, mas de resto também é um homem com muitas qualidades."

Aquela sua última frase, o pulo elegante do maldizer a um elogio, parecia-me tão bem-sucedida que pensei que a normalidade adulta era uma arte deste tipo. Eu precisava aprender.

38.

Aquela noite, quando voltei para casa com as crianças, pela primeira vez após o abandono eu senti abrandar-se a tepidez, confortável, e brinquei com os meus filhos até que os convenci a tomar banho, ir para a cama. Já havia removido a maquiagem e estava indo dormir quando ouvi alguém bater à porta. Olhei pelo olho mágico, era Carrano.

Cruzamo-nos raramente, após ele ter se ocupado do sepultamento do Otto, e sempre com as crianças, sempre para nos dizer somente bom dia. Estava com o seu ar de sempre de homem despojado, com as costas curvadas como se tivesse vergonha da sua alta estatura. Minha primeira vontade foi a de não abrir, mas senti que isso poderia me lançar outra vez para o mal-estar. Mas logo notei que estava penteado de outra forma, sem risca, os cabelos grisalhos recém-lavados, e pensei no tempo que demorou cuidando do seu aspecto antes de decidir subir as escadas e apresentar-se à porta. Também gostei que tivesse batido com a mão para não acordar as crianças com a campainha. Virei a chave na fechadura.

Mostrou-me logo com um gesto incerto uma garrafa de pinot branco gelado, destacou com um pouco de desconforto que era o mesmo pinot de Buttrio, ano 1998, que eu havia levado quando fui a sua casa. Disse-lhe que naquela ocasião peguei uma garrafa qualquer, não queria destacar nenhuma preferência. Eu odiava os vinhos brancos, me davam dor de cabeça.

Comprimiu os ombros, ficou sem palavras, em pé na entrada com a garrafa na mão que já se cobria de uma casca de condensação. Tomei-a com um leve agradecimento, indiquei a sala, fui até a cozinha procurar o abridor de garrafa. Quando voltei o vi sentado no sofá, brincava com a garrafa amassada do inseticida.

"O cão acabou com ela", comentou, "por que não joga fora?"

Eram palavras inócuas para preencher o silêncio, mesmo assim me incomodou ouvi-lo falar em Otto. Servi o vinho e disse: "Bebe e vai embora, está tarde, estou cansada."

Limitou-se a fazer uma menção de sim com um ar desajeitado, mas certamente pensou que eu não dissesse seriamente, esperava que aos poucos eu me tornasse mais hospitaleira, mais condescendente. Suspirei longamente, descontente, e disse a ele:

"Hoje consultei um veterinário, que me disse que Otto morreu envenenado com estricnina."

Sacudiu a cabeça com uma expressão sinceramente desolada.

"As pessoas sabem ser muito maldosas", murmurou e por um momento pensei que fizesse uma alusão incongruente ao veterinário, depois entendi que se referia aos frequentadores do parque. Olhei-o atentamente.

"E você? Ameaçou meu marido, disse a ele que teria envenenado o cão, as crianças me contaram."

Vi em seu rosto surpresa e depois uma tristeza genuína. Notei o gesto aflito que fez no ar como para afastar minhas palavras. Ouvi-o murmurar deprimido:

"Queria dizer outra coisa, mas não fui compreendido. A ameaça de envenenar o cão eu ouvi por aí, avisei também você..."

Mas naquele momento algo o impulsionou, assumiu um tom mais áspero:

"De resto, você sabe muito bem como o seu marido acredita ser o dono do mundo."

Achei inútil dizer-lhe que eu não o sabia. Do meu marido eu tinha outra ideia, e também havia me esvaziado disso, e com ele se foi também o sentido que ele havia atribuído por tanto tempo à minha vida. Havia acontecido subitamente, como quando num filme se vê que se abre um vazamento num avião em elevada altitude. Nunca tive tempo de manter nem mesmo um sentimento frágil de simpatia.

"Tem os defeitos de todos", murmurei, "é um como tantos. Às vezes somos bons, às vezes detestáveis. Quando fui até você eu não fiz coisas vergonhosas que nunca teria sonhado fazer? Eram gestos sem amor, sequer com desejo, pura ferocidade. Ainda assim não sou uma mulher particularmente má."

Carrano me pareceu duramente impactado com aquelas palavras, disse alarmado:

"Eu não importava nada para você."

"Não."

"E nem agora importo nada?"

Sacudi a cabeça, tentei fazer um sorriso para que ele tomasse a coisa como um acidente qualquer da vida, como perder uma rodada no jogo de cartas.

Apoiou o copo, levantou-se.

"Para mim aquela noite foi muito importante", disse, "e hoje é ainda mais importante."

"Sinto muito."

Esboçou um sorriso, sacudiu a cabeça fazendo não: para ele eu não sentia nada, para ele era somente uma forma de encerrar por ali. Murmurou:

"Você não é diferente do seu marido; afinal, também ficaram tanto tempo juntos."

Foi até a entrada, eu o segui com fraqueza. Na soleira me entregou o spray que já estava levando consigo, peguei a lata. Achei que ele bateria a porta ao sair, mas ao contrário, fechou-a com um gesto cuidadoso.

39.

Fiquei amargurada com o desfecho daquele encontro. Dormi mal, decidi reduzir ao mínimo os contatos com o meu vizinho, as poucas coisas que ele disse me magoaram. Quando vim a reencontrá-lo nas escadas mal consegui responder ao seu cumprimento e segui adiante. Senti seu olhar ofendido e deprimido por trás das minhas costas e pensei quanto tempo será que duraria aquele incômodo de me retirar dos olhares carregados de pena, pedidos emudecidos. Ademais eu o merecia, com ele tinha sido descuidada.

Mas as coisas tomaram outro rumo. Dia a dia, com cuidado vigilante, Carrano eximiu-se de todos os encontros. Manifestou a mim sua presença com sinais distantes de devoção. Às vezes encontrava em frente a minha porta uma sacola de compras que pela pressa eu havia esquecido no átrio, às vezes o jornal ou a caneta que tinha deixado sobre o banco do parque. Eu evitava até agradecê-lo. Continuei, porém, a revirar na cabeça trechos das frases daquele nosso encontro e de tanto pensar descobri que o que realmente me perturbou foi a acusação de me parecer com Mario. Não consegui me livrar da impressão de que ele houvesse me jogado na cara uma verdade desagradável, mais desagradável do que ele mesmo poderia imaginar. Fiquei revirando aquela ideia na cabeça longamente, sobretudo porque com a volta às aulas, sem a presença das crianças, eu tive mais tempo livre para o devaneio.

Passei tépidas manhãs de início do outono sentada no banco do jardim rochoso, escrevendo. Pareciam ser anotações para algum livro, ou pelo menos assim eu dizia. Queria passar um pente fino — dizia a mim mesma —, queria me estudar com precisão e olho crítico, relatar até o fundo o mal daqueles meses horríveis. Na verdade eu revirava a pergunta que me sugeriu Carrano. Eu era como o Mario? Mas o que significava isso? Que nos escolhemos por afinidades e que aquelas afinidades, com os anos, se ramificaram? No que me havia sentido parecida a ele, quando me apaixonei? O que eu reconheci dele dentro de mim, no começo da nossa relação? Quantos pensamentos, gestos, tons, gostos, hábitos sexuais me transmitiu naqueles anos?

Naquele período eu preenchi muitas páginas com perguntas assim. Agora que Mario me deixou, se não me amava mais, se eu mesma já não o amava mais, por que seguia carregando na carne tantas coisas suas? O que eu havia depositado nele já teria sido apagado por Carla durante os anos secretos de sua relação. Mas eu, se me pareciam amáveis todos os sinais do passado que assimilei dele, agora que já não me pareciam amáveis, como poderia realmente arrancá-los de mim? Como poderia raspá-los do corpo, da mente, sem ter que descobrir que assim fazendo também arrancava fora a mim mesma?

Só então, numa manhã em que manchas de sol se desenhavam sobre a grama, entre as sombras das árvores, e logo se moviam lentamente como nuvens verdes e luminosas num céu escuro, eu voltei com um pouco de vergonha a examinar a voz hostil de Carrano. Seria Mario realmente um homem agressivo, convencido de poder mandar em tudo e em todos, até capaz de ser oportunista, como havia indicado o veterinário? Que eu nunca o tivesse considerado este tipo de indivíduo não significaria que considerasse naturais os comportamentos, já que se pareciam com os meus?

Passei diversas noites olhando as fotografias da família. Procurava reconhecer sinais da minha autonomia no corpo que eu tinha antes de conhecer meu futuro marido. Comparei minhas imagens quando menina com aquelas dos anos seguintes. Quis descobrir quanto se modificara meu olhar a partir das minhas saídas com ele, quis ver se ao longo dos anos esse olhar terminara por parecer com o seu. A semente de sua carne entrou na minha, deformando-me, alargando-me, fazendo-me pesar, engravidei duas vezes. As fórmulas eram: carreguei no ventre filhos seus, dei a ele alguns filhos. Se até tentassem me dizer que não lhe havia dado nada, que os filhos eram sobretudo meus, que sempre estiveram dentro do raio do meu corpo, sujeitos aos meus cuidados, todavia, não podia evitar pensar o que da sua natureza, inevitavelmente, insistia nas crianças. Mario explodia por dentro dos ossos deles subitamente, agora, nos dias, nos anos, de um jeito sempre mais visível. Quanto dele eu teria que amar para sempre mesmo sem me dar conta, só por amá-los? Que mistura complicada e espumosa é um casal. Embora a relação quebre e se desfaça, ela continua a agir por vias secretas, não morre, não quer morrer.

Recortei com tesouras, por toda uma longa e silenciosa noite, olhos, orelhas, pernas, narizes, mãos minhas, das crianças, de Mario. Comecei a colar numa folha de desenho. Obtive um único corpo com uma monstruosa indecifrabilidade futurista, que logo joguei no lixo.

40.

Quando Lea Farraco apareceu de novo alguns dias depois, entendi logo que Mario não tinha intenção alguma de confrontar-se diretamente comigo, nem mesmo por telefone. Não mate o mensageiro, disse minha amiga: depois daquela agressão na rua, meu marido achava que seria melhor que nos encontrássemos o mínimo possível. Todavia queria ver as crianças, tinha saudades, perguntava se poderia mandá-las para o final de semana. Disse a Lea que teria perguntado aos meus filhos e deixado a eles a escolha. Ela sacudiu a cabeça, me deu uma bronca:

"Não faça assim, Olga, o que podem decidir as crianças?"

Não dei ouvidos a ela, pensei que poderia administrar aquela questão como se fôssemos um trio capaz de discutir, confrontar-nos, tomar decisões unânimes ou por maioria. Por isso falei com Gianni e com Ilaria assim que voltaram da escola, disse que o pai queria ficar com eles durante o fim de semana, expliquei que eles deveriam decidir se iriam ou não, avisei que provavelmente conheceriam sua nova esposa (disse mesmo esposa).

Ilaria me perguntou imediatamente, sem dar voltas:

"O que você quer que façamos?"

Gianni se intrometeu:

"Sua boba, ela disse que nós que temos que decidir."

Estavam visivelmente ansiosos, perguntaram-me se poderiam conversar entre eles. Trancaram-se por um bom tempo em seu quarto e ouvi que brigaram longamente. Quando saíram, Ilaria perguntou:

"Você vai ficar chateada se a gente for?"

Gianni empurrou-a com força e disse:

"Decidimos ficar com você."

Tive vergonha pela prova de afeto a que tentei submetê-los. Na sexta-feira obriguei-os a lavarem-se bem, vesti-os com suas melhores roupas, preparei duas mochilinhas com as suas coisas e levei-os até a casa da Lea.

No trajeto continuaram a dizer que não queriam se separar de mim, perguntaram-me cem vezes como passaria o sábado e o domingo, no final subiram no carro da Lea e desapareceram com todas suas emoções e expectativas.

Passeei, fui ao cinema, voltei para casa, jantei em pé sem arrumar a mesa, assisti TV. Lea me ligou pela noite, disse que entre pai e filhos houve um encontro bonito e comovente, revelou-me com desconforto o verdadeiro endereço de Mario, ele morava com Carla no bairro Crocetta, numa bela casa que pertencia à família da moça. No final me convidou para jantar no dia seguinte e mesmo sem vontade, aceitei: é ruim o círculo do dia vazio, quando a noite se enrola no pescoço como um nó.

Fui à casa dos Farraco, cheguei cedo demais. Tentaram me entreter e me esforcei por ser cordial. Até que olhei a mesa posta, contei mecanicamente os pratos, as cadeiras. Eram seis. Fiquei rígida: dois casais e eu, e depois uma sexta pessoa. Entendi que

dias de abandono

Lea se preocupava comigo, tinha o projeto de combinar algum encontro para uma aventura, uma relação provisória, ou algo mais definitivo, quem sabe. Tive certeza quando chegaram os Torreri, que já havia conhecido num jantar um ano antes no papel de esposa de Mario, e o veterinário, doutor Morelli, quem procurei para saber mais sobre a morte de Otto. Morelli, bom amigo do marido de Lea, agradável, por dentro de todas as fofocas dos bons moços da Escola Politécnica, foi claramente convidado para me fazer feliz.

A coisa me deprimiu. Eis o que me espera, pensei. Noites assim. Comparecer à casa de estranhos, marcada pela condição de uma mulher à espera de refazer sua vida. Estar à mercê de outras mulheres casadas e infelizes, que se debatem para me propor homens que elas consideram charmosos. Ter que aceitar o jogo, não saber confessar que para mim aqueles homens provocam somente incômodo por sua própria finalidade explícita, sabida por todos os presentes, de tentar estabelecer contato com a minha pessoa fria, para aquecer-se ou aquecer-me e depois para me pesar com seu papel de sedutores por experimentação, homens tão sozinhos quanto eu, como eu aterrorizados pela estranheza, cansados pelos fracassos e pelos anos vazios, separados, divorciados, viúvos, abandonados, traídos.

Fiquei calada a noite inteira, deixei que caísse sobre mim um anel invisível e cortante, a cada frase do veterinário que pedia por uma risada ou por um sorriso eu não ri nem sorri, afastei uma ou duas vezes meu joelho de perto dele, me enrijeci quando me tocou o braço e tentou falar ao meu ouvido com uma intimidade imotivada.

Nunca mais, pensei, nunca mais. Andar pelas casas dos conhecidos casamenteiros que, benévolos, fabricam ocasiões de encontro e espiam para ver se algo se conclui, se ele faz o que deve ser feito, se você reage como deveria. Um espetáculo para os que são um casal, uma questão engraçada quando a casa se esvazia e sobram os restos na mesa. Agradeci Lea, seu marido, e logo fui embora, de repente, quando eles e seus convidados estavam se acomodando na sala para beber e conversar.

41.

Domingo à noite Lea acompanhou as crianças em casa, me senti aliviada. Estavam cansadas, mas via-se que estavam bem.
"O que fizeram?", perguntei.
Gianni respondeu:
"Nada."
Depois veio à tona que foram ao parque de diversões, que foram para Varigotti ver o mar, que comeram fora no almoço e no jantar. Ilaria abriu os braços e me disse:
"Comi um sorvete assim."
"Vocês se divertiram?", perguntei.
"Não", disse Gianni.
"Sim", disse Ilaria.
"A Carla estava lá?", perguntei.
"Sim", disse Ilaria.
"Não", disse Gianni.
Antes de dormir a menina me perguntou com uma leve ansiedade:
"Você nos deixa ir de novo, semana que vem?"
Gianni olhou-me da sua cama, apreensivo. Respondi que sim.
Em casa à noite, em silêncio, enquanto tentava escrever, me lembrei de que as duas crianças, de semana em semana, teriam reforçado dentro delas a presença do pai. Teriam assumido melhor os gestos, os tons, misturando-os aos meus. Nosso casal desfeito nos dois seria um reflexo, trançado, intricado, continuando a existir quando já não houvesse mais fundamento nem razão. Aos

poucos darão espaço à Carla, pensei, escrevi. Ilaria iria estudá-la sem demonstrá-lo para aprender os gestos da maquiagem, o andar, a forma de rir, a escolha das cores, e tirando e pondo teria confundido-a com os meus traços, os meus gostos, meus movimentos pensados ou distraídos. Gianni teria concebido desejos secretos por ela, sonhando-a no fundo do líquido amniótico em que nadou. Nos meus filhos se introduziriam os pais da Carla, a fila dos seus antepassados teria acampado com os meus, com os de Mario. Um zumbido mestiço se incharia dentro deles. Pensando a respeito disso achei que eu capturava todo o absurdo do adjetivo meu, os "meus filhos". Parei de escrever somente quando senti uma lambida, a pá viva da língua de Otto no plástico da vasilha. Levantei, fui verificar se estava vazia, seca. O cão tinha uma alma fiel e vigilante. Fui para a cama e adormeci.

No dia seguinte comecei a procurar um trabalho. Eu não sabia fazer muita coisa, mas graças às mudanças de Mario tinha passado muito tempo no exterior, conhecia bem pelo menos três línguas. Com a ajuda de alguns amigos do marido da Lea fui contratada por uma agência de locação de automóveis para trabalhar com a correspondência internacional.

Meus dias tornaram-se mais agitados do que o normal: o trabalho, as compras, cozinhar, arrumar, as crianças, a vontade de escrever, a lista de coisas urgentes a serem feitas que eu escrevia todas as noites: comprar panelas novas; chamar o hidráulico pois a pia estava vazando, arrumar a persiana da sala, comprar um casaco para Gianni, comprar sapatos novos para Ilaria, seu pé cresceu.

Começou uma contínua e enérgica correria de segunda a sexta-feira, mas sem as obsessões dos meses anteriores. Eu estendia um fio esticado que furava os dias e nele escorregavam rapidamente, sem pensamentos, num equilíbrio fingido com crescente habilidade, até que entregasse as crianças para Lea, que por sua vez as entregaria para Mario. Então se abria o tempo vazio do fim de semana e eu me sentia como se estivesse em pé sobre o parapeito de um poço, num precário equilíbrio.

Quanto à volta das crianças, domingo à noite, tornou-se um costumeiro boletim de amargura. Gianni começou a louvar a culinária de Carla, a detestar a minha. Ilaria contou que tomava banho com a nova esposa do seu pai, me disse que tinha os seios mais bonitos do que os meus, se surpreendeu que tivesse pelos púbicos loiros, descreveu-me minuciosamente sua roupa íntima, me fez jurar que assim que tivesse peitos eu compraria para ela um sutiã da mesma cor, do mesmo tipo. Ambos assumiram um novo hábito de linguagem, certamente não meu, diziam continuamente: "praticamente". Ilaria brigou comigo porque não quis comprar um luxuoso *nécessaire* que Carla exibia orgulhosa. Um dia, durante uma briga nossa por um casaquinho que lhe comprei e de que ela não gostava, me gritou: "Você é má, Carla é melhor do que você".

Chegou um momento em que eu já não sabia mais se me sentia melhor com eles ou quando eles não estavam. Dei-me conta, por exemplo, que mesmo não percebendo a dor que me provocavam contando sobre a Carla, vigiavam acrimoniosamente se eu me dedicava exclusivamente a eles e a mais ninguém. Um dia em que não tinham aula, levei-os comigo para o trabalho. Ficaram inesperadamente comportados. Quando um colega meu nos convidou para almoçar eles se sentaram à mesa comportados, silenciosos, cuidadosos, sem brigar, sem trocar entre eles sorrisinhos alusivos, sem soltar palavras cifradas, sem sujar a toalha com comida. Entendi mais tarde que passaram o tempo todo estudando como aquele homem me tratava, as atenções que me dedicava, os tons com que eu lhe respondia, captando, como sabem fazer as crianças, a mínima tensão sexual, um mero jogo da pausa da hora do almoço, que ele mantinha por mim.

"Você notou como ele estalava os lábios no fim de cada frase?", me perguntou Gianni com uma diversão rancorosa.

Balancei a cabeça, não tinha notado. Ele, para me mostrar, estalou os lábios de forma engraçada, simulando lábios grandes e vermelhos, proeminentes, e produzindo um *plop* a cada duas palavras. Ilaria riu até chorar, a cada exibição, já sem ar, ela pedia: mais uma. Depois até eu comecei a rir, mesmo sentindo-me um pouco desorientada pela malícia vivaz dos dois.

À noite Gianni veio ao meu quarto para o beijo de boa noite de sempre, me abraçou e improvisadamente beijou-me a bochecha fazendo *plop* espirrando-me saliva, depois ele e a irmã se retiraram rindo para seu quarto. E desde então começaram a criticar tudo o que eu fazia. Em paralelo começaram a louvar abertamente tudo o que Carla fazia. Eu me submetia aos enigmas que ela lhes ensinava para me demonstrar que eu não sabia responder, destacavam como se passava bem na nova casa de Mario e como era feia e bagunçada a nossa. Gianni, sobretudo, tornou-se rapidamente insuportável. Gritava sem motivos, quebrava as coisas, batia nos colegas de classe, batia em Ilaria, às vezes ficava bravo consigo mesmo e queria morder-se um braço, uma mão.

Num dia de novembro aconteceu que ele estava voltando para casa da escola, junto à irmã, e os dois tinham comprado um sorvete enorme. Não sei bem como foi. Talvez Gianni, terminado o seu, quisesse que Ilaria lhe entregasse o dela, era glutão, estava sempre com fome. A questão é que ele a empurrou com tamanha força que ela caiu sobre um garoto de uns dezesseis anos, sujando-lhe a camisa com creme e chocolate.

Quando voltei do trabalho, abri a porta com a chave e ouvi a voz de Carrano vindo de dentro da minha casa. Estava conversando na sala com as crianças. No começo fui bem fria, não entendia por que estava lá na minha casa, como tinha se permitido entrar. Depois, quando vi Gianni, um olho roxo, um lábio inferior cortado, eu me esqueci de Carrano e me joguei sobre o garotinho, toda angustiada.

Só aos poucos entendi que Carrano, voltando para casa, tinha visto meus filhos em apuros, tinha retirado Gianni da fúria do jovem ofendido, tinha acalmado Ilaria que estava se desesperando, e tinha acompanhado os dois até nossa casa. Não só isso: tinha deixado os dois de bom humor com algumas historinhas de socos que tinha levado na infância. As crianças agora, de fato, me afastavam e pediam para que ele continuasse a contar.

Eu agradeci a ele por aquilo e por todas as outras gentilezas que tinha feito para mim. Pareceu-me contente, só errou em dizer novamente a frase errada. Acomodou-se dizendo:

"Talvez sejam pequenos demais para voltarem sozinhos para casa."
Respondi:
"Pequenos ou não, não é possível que seja feito de outra forma."
"Algumas vezes eu poderia ajudar", arriscou.
Agradeci mais uma vez, mais fria. Disse que conseguia me virar sozinha e fechei a porta.

42.

Gianni e Ilaria não melhoraram depois daquela aventura, ao contrário, continuaram a me fazer pagar pecados terríveis que eles imaginavam, mas que eu não havia cometido, eram apenas sonhos escuros da infância. Entretanto, com uma torção imprevista, pararam de considerar Carrano seu inimigo — o assassino de Otto, o chamavam — e agora, quando o encontrávamos nas escadas, saudavam-no sempre em tom de camaradagem, como se fosse um companheiro de brincadeiras. Ele tendia a responder piscando os olhos de forma um pouco patética ou fazendo sinais com a mão. Era como se temesse se exceder, era evidente que não queria me magoar, mas as crianças queriam sempre mais, não se davam por satisfeitas.

"Oi, Aldo", gritava Gianni, e não parava enquanto Carrano não decidisse responder cabisbaixo: oi, Gianni.

Eu sacudia meu filho e lhe dizia:

"O que é toda essa intimidade? Você precisa ser mais educado."

Mas ele me ignorava, começava com pedidos assim: eu quero furar a orelha, quero um brinco, amanhã vou tingir os cabelos de verde.

Domingo — as vezes em que Mario não podia ficar com eles, e não eram poucas — as horas passavam em casa cheia de nervosismo, chamadas de atenção, discussões. Então eu os levava para o parque e lá davam voltas infinitas nos brinquedos, enquanto o outono soprava em bandos as folhas amarelas e vermelhas, jogando-as sobre a grama das estradinhas ou abandonando-as sobre a água do rio Pó. Mas às vezes, sobretudo quando os domingos eram úmidos e enevoados, íamos para o centro, e eles ficavam em volta das fontes que jorravam jatos brancos pela calçada, eu passeava sem vontade segurando o zumbido de imagens movidas com vozes atropeladas que nos momentos de cansaço ainda voltavam a minha mente. Em certas ocasiões que pareciam me alarmar especialmente eu tentava captar as vozes do sul sob o sotaque de Turim, o que me trazia um doce engano da infância, uma impressão do passado, de anos acumulados, de distância certa para as memórias. Com maior frequência, sentava-me sozinha nos degraus dando as costas para o monumento de Emanuele Filiberto, enquanto Gianni, sempre armado de uma ruidosa metralhadora de ficção científica presenteada por seu pai, dava à irmã aulas capengas sobre a guerra de 1915-18 e se entusiasmava com o número de soldados mortos, pelos rostos negros dos combatentes de bronze, pelas espingardas a seus pés. Então eu olhava para a moita, via três chaminés retas e misteriosas que se erguiam da grama e pareciam vigiar o castelo cinza como periscópios, sentia que nada, nada podia me consolar, mesmo se — pensava — agora estou aqui, meus filhos estão vivos e brincam entre si, a dor destilou-se, abateu-me, mas não me quebrou. Com os dedos, às vezes, tocava, por baixo da meia, a cicatriz da ferida que Ilaria me fez.

    Depois aconteceu algo que me surpreendeu e me perturbou. Bem no meio da semana, no final de um dia de trabalho, encontrei na caixa postal do celular uma mensagem de Lea. Convidava-me para um show naquela noite, dizia que era muito importante. Senti em sua voz um tom levemente agudo, com aquela ligeira verborragia que assumia quando falava de música antiga, pela qual nutria grande paixão. Eu não estava com vontade de sair, mas, como em tantas coisas da minha vida naquele período, obriguei-me a ir. Depois, porém, temi que tivesse organizado secretamente outro encontro com o veterinário e fiquei na dúvida por um tempo, não tinha vontade de ficar tensa a noite toda. Por fim decidi que, com ou sem o veterinário, o concerto me relaxaria, a música sempre tem um bom efeito, soltar os nós dos nervos apertados ao redor das emoções. Assim, fiz várias ligações para encontrar um esquema para Gianni e Ilaria. Quando consegui, tive de convencê-los de que os amigos com quem ficariam não eram assim tão detestáveis como diziam. No fim se resignaram, até que Ilaria declarou categoricamente:

    "Já que você nunca está aqui, deixe-nos ir viver para sempre com o papai."

    Não respondi nada. Qualquer tentação de gritar era equilibrada pelo terror de que entrasse outra vez por um caminho escuro e me perdesse, por isso me contive. Encontrei Lea, suspirei com alívio, estava sozinha. Fomos de táxi até um pequeno teatro fora da cidade, uma casca de noz, sem cantos, toda lisa. Lea, naquele ambiente, conhecia todos e era conhecida por todos, me senti à vontade, gozei por reflexo da sua notoriedade.

    A pequena sala ficou por algum tempo tomada por uma agitação, vozes discretas chamando atenção, gestos de saudações, uma nuvem de perfumes e hálitos. Sentamo-nos, fez-se silêncio, reduziram-se as luzes, entraram os músicos, a cantora.

"São ótimos", Lea sussurrou ao meu ouvido.

Eu não disse nada. Entre os músicos, incrédula, tinha acabado de reconhecer Carrano. Sob os refletores parecia diferente, ainda mais alto. Era magro, elegante, cada gesto seu deixava um rastro colorido, os cabelos reluziam como se fossem de um metal precioso.

Quando começou a tocar o violoncelo, perdeu qualquer traço residual do homem que morava no meu prédio. Tornou-se uma alucinação exaltante da mente, um corpo cheio de anomalias sedutoras que me pareciam cavar sons impossíveis de dentro de si, de tanto que o instrumento era parte dele, vivo, nascido do seu tórax, das pernas, dos braços, das mãos, do êxtase dos olhos, da boca.

Revisitei sem ansiedade, levada pela música, o apartamento de Carrano, a garrafa de vinho sobre a mesa, os copos ora cheios ora vazios, a sombra escura naquela sexta-feira à noite, o corpo masculino nu, a língua, o sexo. Procurei entre aquelas imagens da memória, no homem de roupão, no homem daquela noite, esse outro homem que tocava e não o vi. Agora que o vejo me parece que aquela intimidade não pertence a ele, seja de outro que o substituiu, talvez a memória de um pesadelo da minha adolescência, talvez a fantasia de olhos abertos de uma mulher desfeita. Onde estou? Em que mundo me abismei, em que mundo reemergi? A qual vida voltei? Com qual objetivo?

"O que foi?", perguntou Lea, talvez preocupada pela minha agitação.

Murmurei:

"O violoncelista é meu vizinho."

"Ele é ótimo, você o conhece bem?"

"Não, eu não o conheço muito."

No final do concerto o público aplaudiu e aplaudiu. Os músicos saíram de cena, voltaram, a reverência de Carrano foi profunda e refinada como a curva de uma chama leve empurrada por um golpe de vento, e os cabelos de metal caíram em direção ao chão, e depois, com um golpe, quando arqueou as costas e puxou para cima energicamente a cabeça, voltaram para seu lugar. Tocaram mais uma música, a bela cantora nos comoveu com sua voz apaixonada, aplaudimos de novo. As pessoas não queriam deixar os músicos saírem, na onda dos aplausos, pareciam antes todos puxados pelas sombras dos bastidores, depois expulsos por algum comando rígido. Sentia-me aturdida, tinha a impressão de que a pele enfaixava com muita força meus músculos, os ossos. Essa era a verdadeira vida de Carrano. Ou era a falsa, que no entanto agora me parecia mais sua do que aquela verdadeira.

Tentei aliviar a tensão eufórica que sentia, mas não consegui, me pareceu que a sala havia se posto na vertical, como se o palco estivesse embaixo e eu assomada à borda de um buraco, no alto. Até que se ouviu um ganido irônico de um espectador que evidentemente queria dormir, e muitos riram, os aplausos diminuíram aos poucos e se apagaram, e o palco se esvaziou, colorindo-se de um verde esmaecido, tive impressão de que a sombra de Otto atravessava festivamente a cena como uma veia escura no meio da carne viva e lúcida. Não me assustei. O futuro — pensei — será todo assim, a vida viva junto ao cheiro úmido da terra dos mortos, a atenção com a desatenção, os saltos entusiastas do coração junto às quedas bruscas de significado. Mas não será pior do que o passado.

No táxi, Lea me perguntou longamente sobre Carrano. Respondi circunspecta. Então ela, incongruentemente, como se com ciúmes por eu guardar para mim o homem genial, começou a reclamar da qualidade da execução.

"Era como se estivesse ofuscado", disse.

Logo depois acrescentou frases do tipo: ficou no meio do caminho, não soube fazer o salto da qualidade, um grande talento acabado por suas próprias inseguranças, um artista sufocado por excesso de prudência. Antes de se despedir, quando já estávamos na porta de casa, começou do nada a falar do doutor Morelli. Tinha levado o gato e ele perguntou insistentemente de mim, se eu estava bem, se tinha superado o trauma da separação.

"Disse-me para dizer a você", gritou enquanto eu estava no portão, "que pensou bem, não tem certeza se Otto morreu por estricnina, os dados que você passou a ele foram insuficientes, você precisaria conversar com ele mais detalhadamente."

Riu maliciosamente da janela do táxi que já estava partindo:
"Acho que é uma desculpa, Olga. Ele quer te ver."

Naturalmente eu não voltei nunca mais ao veterinário, mesmo sendo um homem agradável, com jeito confiável. Eu estava com medo de encontros sexuais imprudentes, sentia desgosto. Mas sobretudo eu não queria saber se a morte de Otto tinha sido estricnina ou outra coisa. O cachorro se foi por uma ruptura na cadeia dos acontecimentos. Deixamos acontecer tantas lacerações do descuido quando juntamos causa e efeito. O essencial é que a corda, a trama que agora me juntava, segurasse firme.

43.

Durante dias depois daquela noite, tive que combater a dureza do descontentamento de Gianni e Ilaria. Implicaram comigo por deixá-los com estranhos, implicaram por passar meu tempo com estranhos. Acusaram-me com vozes duras, sem afeto, sem ternura.

"Você não colocou na minha bolsa a escova de dentes", dizia Ilaria.

"Estou resfriado porque lá a calefação estava desligada", respondia Gianni.

"Me forçaram a comer atum e eu vomitei", me jogou na cara a menina.

Até chegar o final de semana, fui eu a causa de todos os seus infortúnios. Enquanto Gianni me encarava ironicamente — a quem pertencia aquele olhar? Por isso eu o detestava? Era de Mario? Tinha copiado isto de Carla? — treinando silêncios turvos, Ilaria lançava gritos longos por qualquer coisa, lancinantes, jogava-se no chão, me mordia, chutava aproveitando qualquer pequena contrariedade, um lápis não encontrado, uma HQ com a página rasgada, os cabelos que eram ondulados e ela os queria lisos, a culpa era minha que os tinha ondulados, seu pai tinha cabelos lindos.

Deixei que continuassem, eu já tinha visto pior. Além do mais, pareceu-me que ironias, silêncios e gritos fossem o modo deles segurarem a consternação e inventarem razões para atenuá-la. Temia somente que os vizinhos chamassem a polícia.

Uma manhã, estávamos prestes a sair, eles atrasados para a escola e eu para o trabalho. Ilaria estava nervosa, descontente com tudo, descontava nos sapatos, os sapatos que ela usava há um mês e que agora, de uma hora para outra, machucavam. Atirou-se em lágrimas ao chão do nosso andar e começou a dar chutes na porta de casa, que eu acabara de fechar. Chorava e gritava, dizia que lhe doíam os pés, que não podia ir à escola daquele jeito. Eu perguntava onde doía, sem solicitude mas com paciência, Gianni repetia continuamente rindo: corta o pé para ficar menor, assim o sapato serve certinho, eu dizia chega, vamos, silêncio, vamos que estamos atrasados.

Até que ouvi o barulho de uma fechadura no andar de baixo e a voz suja de sono de Carrano que disse:

"Precisa de ajuda?"

Enrubesci pela vergonha, como se tivesse sido pega fazendo algo repugnante. Botei uma mão sobre a boca da Ilaria e segurei-a com força. Com a outra a obriguei energicamente a se levantar. A garotinha se calou imediatamente, impactada com o meu comportamento não mais aquiescente. Gianni olhou-me interrogativo, eu procurei a voz na garganta, um tom que soasse normal.

"Não", disse, "obrigada, desculpe-nos."

"Se puder fazer algo..."

"Está tudo bem, não se preocupe, obrigada mais uma vez por tudo."

Gianni tentou gritar: "Oi, Aldo", mas eu o apertei contra o tecido do casaco, nariz, boca, com força.

A porta fechou-se discretamente, com pesar percebi que Carrano não me deixava à vontade. Mesmo sabendo bem tudo o que poderia vir dele, eu não acreditava mais no que sabia. A meus olhos, aquele homem do andar de baixo se tornara guardião de uma potência misteriosa que escondia por modéstia, por cortesia, por boa educação.

44.

No escritório trabalhei sem me concentrar por toda a manhã. A faxineira devia ter exagerado em algum produto perfumado pois havia um cheiro intenso de sabão e cerejas que a calefação fervente azedava. Trabalhei nas correspondências em alemão por horas, mas sem vigor, consultava constantemente o dicionário. Em certo momento ouvi uma voz masculina que vinha da sala onde são recebidos os clientes. A voz chegou claríssima, estava cheia de um rancor frio por alguns serviços pagos generosamente cujos resultados, uma vez fora do país, foram inadequados. Todavia ouvi-a ao longe, como se chegasse não de uma distância de poucos metros, mas de uma localidade do meu próprio cérebro. Era a voz de Mario.

Deixei a porta da minha sala entreaberta, olhei do lado de fora. Vi-o sentado diante de uma escrivaninha, no fundo um pôster muito colorido representando Barcelona. Estava acompanhado de Carla, que sentava a seu lado e me pareceu graciosa, mais adulta, levemente mais gorda, não bonita. Ambos me apareceram como se dentro de uma tela de TV, atores conhecidos que interpretavam em alguma novela uma porção da minha vida. Mario, sobretudo, me pareceu um estranho que tinha casualmente alguns leves traços de uma pessoa que me fora muito familiar. Estava penteado de uma forma que mostrava uma testa muito ampla, bem delimitada pelos cabelos espessos e pelas sobrancelhas. O rosto estava mais seco e as linhas marcadas do nariz, da boca e das maçãs do rosto traçavam um desenho mais agradável do que eu recordava. Parecia ter uns dez anos a menos, havia desaparecido o inchaço pesado dos quadris, do peito, da barriga, parecia até mais alto.

Imaginei uma pontada, leve mas decidida, no meio da testa e senti minhas mãos suadas. Mas a emoção foi surpreendentemente agradável, como quando é um filme ou um livro que nos faz sofrer, não a vida. Disse com voz tranquila à funcionária, que era minha amiga:

"Algum problema com os senhores?"

Tanto Carla como Mario viraram-se sobressaltados. Carla até se levantou, visivelmente assustada. Mario, ao contrário, ficou sentado e esfregou o nariz com o polegar e indicador por alguns segundos, como fazia sempre que algo o incomodava. Eu disse com exibida alegria:

"Estou muito contente em vê-los."

Fui até ele, Carla esticou, mecanicamente, uma mão para puxá-lo para perto de si, para protegê-lo. Meu marido levantou-se incerto, claramente não sabia o que esperar. Estiquei-lhe a mão, beijamo-nos no rosto.

"Você está muito bem", continuei, e apertei também a mão da Carla que não correspondeu ao aperto de mão, aliás me deu alguns dedos e uma palma que pareciam carne úmida, recém-descongelada.

"Você também está bem", disse Mario com um tom perplexo.
"Sim", respondi com orgulho, "não sinto mais dor."
"Queria te ligar para falar das crianças."
"O número é sempre o mesmo."
"Precisamos também discutir a separação."
"Quando você quiser."

Não sabendo mais o que dizer, enfiou nervosamente as mãos nos bolsos do casaco e me perguntou com um tom desatento se havia alguma novidade. Respondi:

"Poucas. As crianças devem ter contado: fiquei mal, Otto morreu."

"Morreu?", estremeceu.

Como são misteriosas as crianças. Mantiveram silêncio, talvez para não lhe provocar um desgosto, talvez pela convicção de que nada do que fizesse parte da antiga vida pudesse ainda interessar a ele.

"Envenenado", eu disse e ele perguntou com raiva:
"Quem foi?"
"Você", respondi tranquilamente.
"Eu?"
"Sim. Descobri que você é um homem rude. As pessoas respondem à rudeza com maldade."

Olhou-me para entender se o clima amigável estava prestes a mudar, se eu tinha intenção de recomeçar a fazer uma cena. Tentei tranquilizá-lo, assumindo um tom afastado:

"Ou talvez só fosse necessário um bode expiatório. Mas como eu escapei, sobrou para o Otto."

Naquele momento fugiu-me um gesto sem reflexão, tirei algum pedaço de caspa do blazer, era um hábito dos anos passados. Ele se retraiu, quase pulou para trás, eu disse desculpa, Carla interveio para completar com mais cuidado a obra que eu havia imediatamente interrompido.

Despedimo-nos depois que ele me certificou de que telefonaria para marcar um horário.

"Se você também quiser vir", propus à Carla.

Mario disse seco, sem nem consultá-la com o olhar:

"Não."

45.

Dois dias depois chegou em casa carregado de presentes. Gianni e Ilaria, contrariando minhas expectativas, cumprimentaram-no como sempre, sem entusiasmo, evidentemente o hábito do final de semana havia devolvido a normalidade do pai. Começaram a abrir imediatamente os presentes, gostaram. Mario tentou se intrometer, brincar com eles, mas sem encontrar um consenso. No final andou pelo quarto, tocou algum objeto com a ponta dos dedos, olhou pela janela. Perguntei:

"Quer um café?"

Aceitou imediatamente, seguiu-me até a cozinha. Conversamos sobre as crianças, disse a ele que estavam passando por um momento ruim, caiu das nuvens, me jurou que com ele se comportavam bem, eram muito disciplinadas. Até que pegou papel e caneta, fez um programa caviloso dos dias em que se dedicaria a elas, dos dias em que eu o faria, disse que vê-los mecanicamente, todo final de semana, estava errado.

"Espero que seja suficiente o depósito mensal que estou lhe fazendo", destacou em determinado momento.

"Está bem", disse, "você é generoso."

"Eu me ocuparei da separação."

Eu esclareci:

"Se o objetivo é que as crianças fiquem com a Carla enquanto você adianta suas questões do trabalho sem cuidar delas, não irá mais vê-las."

Mostrou-se desajeitado e olhou para o papel, incerto.

"Você não deve se preocupar, Carla tem muitas qualidades", disse.

"Não tenho dúvidas, mas prefiro que Ilaria não aprenda a fazer mimimi como ela. E não quero que Gianni sinta desejo de botar as mãos nos peitos dela como você o faz."

Largou a caneta na mesa, disse desolado:

"Eu sabia, não passou nada."

Fiz uma careta com os lábios cerrados, depois respondi:

"Passou tudo."

Olhou para o teto, para o piso, senti que não estava contente. Joguei-me no encosto da cadeira. Aquela onde ele estava sentado pareceu-me não ter espaço para as costas, uma cadeira colada à parede amarela da cozinha. Me dei conta de que ele havia deixado sobre os lábios um sorriso mudo que eu nunca havia visto. Ficava bem nele, parecia o sorriso de um homem simpático que queria mostrar saber muita coisa.

"O que você pensa de mim?", perguntou.

"Nada. Me surpreende somente o que ouvi por aí."

"O que você ouviu?"

"Que você é um oportunista vira-casaca."

Parou de sorrir, disse com frieza:

"Os que dizem isso não são mais virtuosos do que eu."

"Não me interessa como eles são. Eu só quero saber como você é e se você sempre foi assim."

Não expliquei que queria apagá-lo completamente do corpo, arrancar de mim até seus lados que, por algum tipo de preconceito positivo ou por conivência, nunca fui capaz de enxergar. Não falei que queria retirar-me do refluxo da sua voz, das suas fórmulas verbais, de seus modos, de seu sentimento do mundo. Queria ser eu, se essa fórmula ainda tivesse algum sentido. Ou pelo menos queria ver o que permanecia em mim, uma vez que o houvesse retirado.

Respondeu-me com tristeza fingida:

"Como sou, como não sou, sei lá."

Depois me indicou de leve a vasilha de Otto, que estava ainda abandonada num canto, ao lado da geladeira.

"Gostaria de dar às crianças outro cachorro."

Sacudi a cabeça, Otto moveu-se pela casa, ouvi o leve som de suas patas arranharem o piso, um tique-taque. Juntei as mãos e as esfreguei uma na outra, lentamente, para apagar o vapor do mal-estar das palmas.

"Eu não sou capaz de substituir."

Aquela noite, quando Mario foi embora, voltei a ler as páginas em que Anna Karenina está próxima de morrer, folheei aquelas páginas que falavam de mulheres quebradas. Lia e no entanto sentia-me segura, eu não era mais como aquelas senhoras das páginas, não as sentia como uma voragem que me sugava. Me dei conta de que tinha até sepultado em algum lugar a mulher abandonada da minha infância napolitana, meu coração já não batia mais em seu peito, os tubos das veias romperam-se. A pobre coitada voltou a ser como uma foto antiga, passado petrificado, sem sangue.

46.

Até as crianças, do nada, começaram a mudar. Mesmo permanecendo hostis entre si, sempre prestes a brigar, pararam de descontar sempre em mim.

"O papai queria nos comprar outro cachorro, mas Carla não quis", me disse uma noite Gianni.

"Você poderá ter um quando viver sozinho", consolei.

"Você gostava do Otto?", me perguntou.

"Não", respondi, "enquanto esteve vivo, não."

Fiquei assombrada pela tranquilidade franca com a qual eu agora conseguia responder a todas as questões que me eram colocadas. Papai e Carla vão fazer outro neném? Carla vai deixar o papai para ficar com alguém mais novo? Você sabe que enquanto ela está no bidê ele entra e faz xixi? Eu argumentava, explicava, às vezes conseguia até rir.

Logo me acostumei até a encontrar Mario, telefonar-lhe pelos empecilhos do cotidiano, reclamar se ele se atrasasse para depositar o dinheiro na minha conta. Em certo momento me dei conta de que seu corpo estava se modificando de novo. Estava cinzento, as maçãs do rosto inchadas, os quadris, a barriga, o tórax voltavam a pesar. Às vezes tentava deixar o bigode crescer, às vezes deixava a barba, às vezes fazia-a cuidadosamente.

Uma noite chegou em casa sem avisar, pareceu-me deprimido, com vontade de conversar.

"Tenho uma coisa ruim para te dizer", me disse.

"Diga."

"Gianni é antipático comigo, Ilaria me deixa nervoso."

"Também aconteceu comigo."

"Eu só me sinto bem quando não estou com eles."

"Sim, às vezes é assim."

"A relação com a Carla vai se deteriorar se continuarmos a vê-los com tanta frequência."

"Pode ser."

"Você está bem?"

"Eu, sim."

"É verdade que você não me ama mais?"

"Sim."

"Por quê? Por que eu menti? Por que te larguei? Por que te ofendi?"

"Não. Justamente quando me senti enganada, abandonada, humilhada, te amei muitíssimo, te desejei mais do que em qualquer outro momento da nossa vida juntos."

"E então?"

"Não te amo mais porque, para se justificar, você disse que tinha caído no vazio, no vazio de sentido, e não era verdade."

"Era sim."

"Não. Agora eu sei o que é um vazio de sentido e o que acontece se você consegue voltar à superfície. Você não, você não sabe. Você no máximo lançou um olhar para baixo, se assustou e tampou a falha com o corpo de Carla."

Fez uma careta, incomodado, disse:

"Você tem que ficar mais com as crianças. A Carla está cansada, precisa estudar para as provas, não pode se ocupar, você é a mãe."

Olhei-o atentamente. Era realmente isso, não havia mais nada nele que pudesse me interessar. Não era nem uma lasca do passado, era só uma mancha, como a sujeira que uma mão deixou há anos na parede.

47.

Três dias depois, voltando para casa do trabalho, encontrei sobre o capacho, diante da porta, um pedaço de papel toalha, um objeto mínimo que tive dificuldade para identificar. Era um novo presente de Carrano, eu já estava acostumada àquelas gentilezas silenciosas: recentemente deixou um botão que eu havia perdido, também um grampo de cabelo de que eu gostava muito. Entendi, dessa vez, que se tratava de um presente conclusivo. Era o bico branco de um spray.

Sentei-me na sala, a casa me pareceu vazia como se nunca houvesse sido habitada por outros senão bonecos de papel machê ou por roupas nunca fechadas em volta de corpos vivos. Depois me levantei, fui procurar na despensa o spray com que Otto tinha brincado na noite que precedeu o terrível dia de agosto. Procurei a marca dos dentes, passei os dedos para encontrá-las. Tentei pregar o botão em cima do spray. Quando consegui e apertei com o indicador não houve uma nebulização, difundiu-se somente um leve odor de inseticida.

As crianças estavam com Mario e Carla, voltariam em dois dias. Tomei banho, me maquiei cuidadosamente, coloquei uma roupa que ficava bem e fui bater à porta de Carrano.

Senti-me observada pelo olho mágico, por muito tempo: imaginei que estivesse tentando acalmar o coração acelerado, que quisesse apagar do rosto a emoção por aquela visita inesperada. Existir é isso, pensei, um sobressalto de alegria, uma pontada de dor, um prazer intenso, veias que pulsam sob a pele, não há mais nada de verdadeiro para contar. Para provocar nele uma emoção ainda mais forte me mostrei impaciente, toquei mais uma vez a campainha.

Carrano abriu a porta, estava despenteado, as roupas desarrumadas, o cinto aberto. Arrumou sobre si a blusa escura com as duas mãos, arrumou-se para cobrir bem o cinto. Vendo-o, era difícil pensar que soubesse extrair notas doces e quentes, para provocar o prazer da harmonia.

Perguntei sobre seu último presente, agradeci todos os outros. Defendeu-se, foi bem lacônico, disse que só tinha encontrado aquele botão no porta-malas do seu automóvel e pensou que teria sido útil para mim, para colocar em ordem os sentimentos.

"Estava certamente entre as patas ou no pelo, ou até mesmo na boca de Otto", disse.

Pensei com gratidão que naqueles meses, com discrição, ele se esforçara para recosturar ao meu redor um mundo confiável. Chegou agora a seu ato mais cortês. Queria me dizer que eu já não tinha mais motivo para me desanimar, que cada movimento era narrável em todas as suas razões, boas ou más, que em suma chegara o momento de voltar à força dos nexos que enlaçam juntos os espaços e os tempos. Com aquele presente tentava exonerar a si mesmo, a mim, atribuía a morte de Otto à casualidade dos jogos dos cães durante a noite.

Decidi dar razão a ele. Por sua constitucional oscilação entre a figura do homem triste e sem cores e aquele do virtuoso executor de sons luminosos, capaz de inchar o peito e dar uma impressão de vida densa, pareceu-me naquele momento a pessoa da qual eu precisava. Tinha dúvidas de que aquele botão fosse de fato do meu inseticida, que realmente o houvesse encontrado no porta-malas do carro. Todavia a intenção com a qual o ofereceu para mim me fez sentir leve, uma sombra atraente por trás de um vidro fosco.

Sorri, encostei meus lábios nos seus, beijei-o.

"Foi muito ruim?", perguntou-me com vergonha.

"Sim."

"O que aconteceu com você naquela noite?"

"Tive uma reação de excesso que rompeu a superfície das coisas."

"E depois?"

"Caí."

"E onde você parou?"

"Em lugar nenhum. Não havia profundidade, não havia precipício. Não havia nada."

Abraçou-me, me apertou por algum tempo a seu lado, sem dizer uma palavra. Tentava me comunicar em silêncio que ele sabia, por um dom misterioso, reforçar o sentido, inventar um sentimento de plenitude e alegria. Fingi acreditar e por isso nos amamos longamente, nos dias e nos meses porvir, quietamente.

ESTE LIVRO, COMPOSTO NA FONTE FAIRFIELD,
FOI IMPRESSO EM PAPEL LUX CREAM 60G/M², NA GRÁFICA PLENAPRINT.
SÃO PAULO, BRASIL, MARÇO DE 2025.